아이는 잘 키우고 싶지만
경력도 포기하고 싶지 않아

워킹맘이 아이에게 보내는 사랑의 메시지

아이는 잘 키우고 싶지만

경력도 포기하고 싶지 않아

유성희 지음

창작시대사

아들이 고등학교 2학년 때 학교를 자퇴하고 검정고시로 고등학교를 마쳤다. 검정고시 점수로 지방사립대에 입학해서 1년을 다니다가 사회복무요원으로 국방의 의무를 마친 후 미국으로 유학을 갔다. 2년간 미국 커뮤니티 칼리지에서 열심히 공부한 결과 뉴욕에 있는 아이비리그 컬럼비아대학으로 편입을 하여 지금 열심히 학업에 매진하고 있다.

어둡고 우울했던 시기를 이겨내고 뚜벅뚜벅 자신의 길을 개척하며 묵묵히 앞을 향해 나아가는 아들을 바라보면서 우리가 힘들게 지나온 몇 해를 떠올려보았다.

깜깜한 터널 안에 있을 때 가까운 가족과 친구들을 포함한 많은 분으로부터 큰 위로와 위안을 받았고 회사 내에서는 멘토이자 코치였던 제시카와 대화하면서 나는 어둠을 벗어날 용기를 얻었고 워킹맘으로서 더욱 성숙해질 수 있었다.

직원이 원하는 경우 회사 내에서 시니어 매니저 중 한 명을 코치로 매칭을 해주는 EAPEmployee Assistance Program 프로그램 덕분에 나는 제시카를 만났고 마음이 힘들고 답답할 때 그녀에게 도움을 청했다.

회의실 밖 핫라인을 통해서 그녀가 내게 던지는 짧은 질문 하나에 나는 나 자신을 돌아볼 수 있었고 내가 앞으로 어떻게 생각하고 행동해야 하는지를 깨닫고 정리할 수 있었다.

아이는 잘 키우고 싶지만, 경력도 포기하고 싶지 않았다.
제시카의 따뜻한 말 한마디가 바닥으로 가라앉아 있는 나를 일으켜 세우기도 했고 그녀의 핵심을 찌르는 날카로운 질문에 정신을 바짝 차릴 수 있었다.
항상 치열한 경쟁 속에서 뒤처지지 않고 살아남기 위해 직장에서는 누구보다도 열정적이고 치열하게 살면서도 아이는 전업주부가 키우는 것처럼 부족함 없이 잘 키우고 싶은 이중적인 마음에 괴로웠는데 좋은 코치와 대화를 나누다 보니 워킹맘이면서도 자녀를 잘 키우는 방법을 배우는 행운을 얻었다.

개인 이메일 혹은 전화 통화를 통해 제시카와 이야기를 나누며 나는 어떻게 아들과 대화를 해야 하는지, 바람직한 엄마의 태도는 어떤 모습인지 등을 배우며 성찰했다. 제시카가 나에게 주는 메시지는 짧았지만, 나의 머리와 가슴을 동시에 깨우는 벨이었다. 그 덕분에 나는 노력했고 조금씩 변할 수 있었고 다행스럽게도 아들과 좋은 관계로 회복할 수가 있었다.

그 결과 나는 중도에 직장을 포기하지 않고 정년까지 완주를 할 수 있었고, 아들은 본인이 원하는 대학에 진학하게 되었다. 우리는 계속 성장하고 발전하고 있다.

워킹맘으로 산다는 게 쉽지 않다. '어떻게 하는 것이 아이를 잘 키우는 걸까' 항상 고민스럽다. 특히 사춘기 자녀와 학교 밖 아이가 있는 경우에는 답답한 마음과 걱정으로 하루하루가 괴로움의 연속이고 언제쯤이면 밝은 빛이 보이는 출구가 보일런지 알 수 없고, 해결책이 잘 떠오르지 않는다. 그런 과정을 겪으면서도 직장에서는 인정받고 능력을 모두 발휘하며 계속 앞으로 쭉쭉 발전하는 나를 지키고 싶은 것이 워킹맘들의 이심전심이다.

그런 마음을 알기에 내가 아들과 겪었던 일들을 진솔하게 털어놓았다. 누군가는 이 이야기가 그다지 드라마틱하지 않다고 했다. 어느 부모가 사춘기 자녀가 드라마틱한 스토리를 갖기를 바랄까. 아이가 바닥까지 내려가기 전에 스톱 벨을 울리고 그 상황을 지혜롭게 벗어나야 하지 않겠는가. 그러기 위해서는 우리가 마음속에 기억하고 실천해야 하는 부모다운 몸짓과 말 모양이 있다.

닮고 싶지 않은 사람을 생각할 때 떠오르는 부모가 될 것인가?

닮고 싶은 사람을 생각할 때 자녀들이 자신 있게 엄마와 아빠를 떠올릴 수 있는 부모가 될 것인가?

자식은 부모로부터 배우며 자란다고 하였다. 그렇다면 부모는 누구한테 배우며 성장하고 발전할 것인가? 나는 아들 때문에 나 자신을 되돌아볼 수 있었고 아들 덕분에 새로 배우고 깨닫고 변할 수 있었다.

아들에게 반성문을 제출하는 마음으로 썼다. 이 글을 읽는 여러분은 자녀들에게 감사장과 표창장을 받는 멋진 부모가 되시길 바란다.

이론적인 지식과 품격있는 자세를 갖춘 올바른 코치로 성장하도록 끊임없는 가르침을 주시는 고현숙 교수님과 진정성과 전문성이 있는 코치로서 코칭의 세계에서 저의 기량을 마음껏 펼칠 수 있게 이끌어 주시는 블루밍경영연구소 김상임 대표 코치님께 깊은 감사를 드린다.

자주 안부 전화를 주시는 옛 직장 동료들과 고객으로 만나 이제는 둘도 없는 말벗이 된 친구들, 딸 같은 하경이와 조카들 그리고 두 번이나 책을 정성껏 만들어주신 창작시대 사 이태선 대표님께 감사함을 전한다.

끝으로 이 책을 출간하는 기쁨을 사랑하는 남편과 두 아들 승하와 정하와 함께 나누고 싶다.

2021년 초여름에

유성희

contents

contents

contents

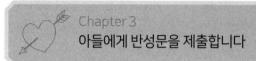

Chapter 3
아들에게 반성문을 제출합니다

contents

That's how I got here.

Chapter 1

그렇게 여기까지 오게 되었습니다

학교 밖 아이

What does a son mean to you?

아들은 나에게 어떤 존재이고 어떤 의미인가?
내 옆에 있는 것만으로도 충분한 존재이고 내가 살아가는 이유다.
무엇을 더 바랄 것인가?

"엄마, 저 회장 됐어요"

아들은 고등학교로 진학한 후 1학년 첫 학기에 회장으로 선출되었다. 여러 중학교에서 새롭게 모인 친구들 사이에서 회장으로 뽑힌 아들이 대견했고 학교생활에 잘 적응해서 고맙다고 생각했다. 학교 성적도 상위권이고 선생님들한테도 인정받는 모범생이었다. 초등학교 때보다 중학교 때 좀 더 적극적인 것 같더니 고등학교에 진학하면서 아들은 더 활동적인 모습으로 변했다.

1학년 2학기에 편두통으로 조금 힘들었지만 큰 문제없

이 2학년이 되었고 아들이 원하는 대로 또다시 회장이 되었다. 모든 일이 순조롭다고 생각했다. 이것이 얼마 후 우리의 발목을 잡는 직접적인 계기가 되고 평온한 생활에 큰 출렁임을 일으키는 돌덩이가 되리라는 것은 꿈에도 생각하지 못했다.

아들이 다닌 학교는 남학생들만 다니는, 역사가 오래된 사립학교로 대한민국의 전형적인 보수적이고 규율이 엄격한 고등학교였다. 1학년 때 담임선생님은 학생들과 소통도 잘하시고 아이들을 많이 이해해주시는 좋은 선생님이었다. 그런데 2학년 담임선생님은 학교에서 제일 체벌을 많이 하는 걸로 유명했다.

학기 초에 반의 기강을 잡는다는 명분으로 회장에게 수업 태도가 안 좋은 급우 5명의 이름을 예외 없이 매일 적도록 하였다. 이름이 적힌 5명은 방과 후에 강도 높은 체벌을 받아야 했고 이름을 적지 않은 날은 회장인 아들이 체벌을 당해야 했다.

나중에 그 반 아이들로부터 전해 들은 얘기로는 그날그날 선생님의 기분과 컨디션에 따라 체벌을 장난스럽게 할 때도 있고, 성적 수치감을 느끼게 하는 신체 부위 가까이에 할 때도 있고, 친구들끼리 서로 때리도록 하는 등 '사랑의 매'와는 거리가 멀다는 느낌이 들었다.

이름이 적히면 담임선생님한테 체벌을 당해야 하니 학급 친구들이 회장인 아들과 눈을 마주치지 않으려고 슬슬 피했다. 한 달 정도가 지나면서 담임선생님의 부당한 처사를 견디다 못한 친구들은 회장에게 학급을 대표해서 담임선생님을 교육청이나 경찰에 신고하라고 요구하기 시작했다.

그러기 시작하면서 아들은 말수를 잃어갔다. 나는 그런 일이 학교에서 벌어지고 있는지를 5월이 될 때까지 모르고 있다가 점점 얼굴에 수심이 가득하고 기운 없이 고개를 푹 수그리고 다니는 아들을 겨우 설득해서 학급의 심각한 분위기를 듣게 되었다.

그런 상황인데도 불구하고 나는 그 문제를 크게 키우고 싶지 않았다. 이 문제를 공론화하는 것도 마음에 내키지 않았고, 외부에 노출시키기는 더더욱 싫었고, 회장인 아들이 앞장을 서게 하고 싶지도 않고, 회장 엄마인 나도 머리 아픈 문제에 엮이고 싶지 않았다. 그때 나는 윤리의식이나 정의감도 없었고 사명 의식도 없이 그저 이런 골치 아픈 문제는 피하고만 싶었다. 회피한다고 해결되는 것이 아닌데도 불구하고 마주할 의지나 용기가 없었다.

아들은 담임선생님과 학급 친구들 사이에서 무력감을 느끼며 괴로워하다 보니 편두통은 심해져 갔고 병원에 가느라 학교를 빠지는 날이 점점 많아졌다. 학교에 가는 것이 너무나 두렵고 괴롭다는 아들과 아침마다 씨름하면서 급기야는 내가 전학을 권할 지경에 이르렀다.

"정 괴로우면 다른 학교로 전학을 가자."

6월 4일 큰아들이 논산으로 떠났다. 큰아들이 입대하자마자 전학을 결정했다. 모든 일이 급하게 돌아갔다. 6월 5일 오전에 전학 갈 동네로 가서 금방 들어갈 수 있는 빈 월세방을 얻고 도배를 요청해놓았다. 오후에는 중고가구점을 돌아다니며 옷장과 책상, 냉장고와 가스레인지 등 기본적인 가전제품을 구입하고 도배가 채 마르기도 전에 배달을 시켰다. 물건 선택의 기준은 방에 들어갈 수 있는 사이즈면 무조건 오케이였다. 당장 밥을 해 먹을 수 있도록 그릇과 수저 그리고 자질구레한 소품들은 집에서 몇 번에 걸쳐서 옮겼다.

아들은 자기 짐을 챙기느라 바빴다. 교과서는 학교마다 다르기에 다시 사야 했고 체육복도 새로 사야 하지만 필기구며 참고서를 포함해서 챙길 것이 많았다. 우선 입을 옷도 골라야 했고 운동화에 슬리퍼도 하나씩은 가져가야 했다.

남편은 남편대로 나는 나대로 말없이 물건을 추려서 싸고 차에 싣고 나르고 또다시 빠진 것들을 챙겨서 담고 싣고 달리기를 몇 번에 걸쳐 반복했다. 서로 입 밖으로 말은 안 해도 낯선 동네에 갑자기 정착하게 된 우리 가족 모두의 얼굴에는 설렘보다는 불안함에 바짝 긴장한 모습이었다.

6월 6일 현충일에 모든 이삿짐 정리를 마쳤다. 집을 얻고 도배를 하고 가구와 가전제품을 사고 이삿짐을 나르고 정리를 마치기까지 하룻밤 사이에 걸쳐 모두 끝냈다. 어떻게 그렇게 집중력을 발휘했었는지, 어떻게 그렇게 빨리 결정하고 민첩성을 발휘해서 실행에 옮겼는지, 그때를 생각하면 지금도 가슴이 벌렁거리고 진땀이 난다.

6월 7일 아침 일찍 주민센터가 열기를 기다려 온 가족의 주소를 옮기고 전입 신고를 했다. 증빙 서류로 주민등록 등본을 발급받아서 학교에 갔다.

학교 교무과에서 담당 선생님이 점검하러 나와서 집을 둘러보았다. 옷장에는 아들의 옷이 걸려있고 책상에는 책과 참고서, 그리고 아들이 어느새 챙겨온 초등학교와 중학교 졸업 앨범도 꽂혀 있었다. 냉장고도 돌고 있고 가스레인지도 연결이 되어 있는 진짜로 사람이 사는 집이었고 우리가 거주하는 집이었다. 그렇게 우리는 하루 반 만에 집을 얻고 가구를 들이며 완벽하게 준비한 결과 전학을 허가받았다.

그러나 그렇게 애쓰고 노력한 보람도 없이 기대와는 다

르게 아들의 상황은 나아지지 않았다. 몇 달간의 정신적인 고통을 겪으며 친구들과 선생님으로부터 도망치듯 전학을 온 아들은 완전히 자신감을 잃은 상태였다. 낯선 교실의 맨 뒷자리에서 멍하니 있다가 집에 와서는 잠만 자는 그런 날들이 반복되면서 아들은 더 이상 학교라는 곳에 가지 않겠다고 버티는 날이 많아졌다.

아침마다 아들과 실랑이했다. 처음에는 달래고 그다음에는 야단을 치고 마지막에는 아들에게 해서는 안 될 말까지 해대기 시작했다. 그렇게 전쟁을 치르기 시작하면서부터 아들은 이제까지 마음속에 쌓아왔던 부모에 대한 서운했던 순간들과 억울했던 기억을 하나씩 하나씩 꺼내 놓기 시작했다.

그때부터 부모와 자식 간의 새로운 전쟁이 시작되었다. 내 눈에 아들은 사랑의 대상이 아니라 내가 꺾어야 하는 갈등의 대상이었고 나를 화나게 만드는 싸움의 대상이었다. 그 싸움에서 나도 지고 싶지 않았다. 나도 할만큼은 했다는 생각이 들었다. 아무리 내 아들이지만 나를 미워하는 아들을 계속 좋은 마음으로 마주하기는 쉽지 않다.

오은영의 〈화해〉에서 읽은 글이다.

부모를 미워하는 것은 친구를 미워하는 것과 다르다. 부모는 마음 놓고 미워할 수 없는 대상이다. 그런 부모를 미워할 때 아이들은 너무나 힘이 들고 몇 배나 지쳐버린다. 부모한테 받은 상처는 친구들로부터 왕따를 당하거나 괴롭힘을 당한 것과는 비교할 수 없을 정도의 절망감을 준다. 내가 마지막으로 기댈 곳이라고 믿고 있는 사람한테서 버림받은 느낌을 받을 때 살아가야 하는 이유를 찾기 어렵게 된다.

아들이 나에게 물었다.

"엄마는 왜 산다고 생각하세요?"

"태어났으니까 사는 거야, 그냥."

그 당시에 많이 지쳐있던 나는 왜 사는지를 생각할 여유나 그럴 가치도 없었고 가정도 직장도 아무런 의미가 없게 느껴졌다.

영화 〈포레스트 검프〉에서 주인공 포레스트가 엄마와 나눈 대사가 기억난다.

"제 운명이 뭐죠?"

"그건 네가 알아내야 해, 인생이란 초콜릿 상자란다. 어떤 걸 가질지는 아무도 알 수 없어."

"우리에게 주어진 운명이 있다. 네 엄마가 된 것도 나도 모르는 운명이었어. 넌 네 운명을 잘 개척했단다."

맞다. 아들아, 네 엄마가 된 것은 나도 모르는 운명이었
어. 선택한다는 것은 그 후의 일들을 모두 책임진다는 의
미이기도 한데 그 선택은 내가 선택한 것이 아니었고 단지
내가 받은 운명이었어. 모든 것을 책임지기에는 나도 힘에
벅차단다.

그 후 아들은 학교 밖 아이가 되었다. 아들이 자퇴한 것
은 운명이었을까? 선택이었을까?

자식을 잘 키우고 못 키우고를 누구로부터 판단을 받을
필요는 없다. 그 판단은 살아가면서 자식이 얼마나 마음이
평안한지 얼마나 가슴에 따뜻함을 느끼며 살아가는지를
보면 알 수 있다.

오늘도 생각해본다.

부모는 자식보다 어떤 면에서 나아야 하는가?

부모의 생각과 행동은 항상 옳은가? 어떻게 확신할 수
있는가?

나는 어떤 부모라고 생각하는가?

어떻게 살아야 하느냐고? 단순하다. 세상 사람들이 고개
를 끄덕이는 내용을 실행에 옮기기만 하면 된다. 누가 진
짜로 하느냐, 누가 먼저 시작하느냐에 따라 인생이 달라진
다. 나의 삶의 질이 달라지면 나의 가족을 시작으로 주위
사람들이 느끼는 행복 지수가 달라진다.

아들의 미래에 초점을 맞추고 아들을 격려하는 엄마로 사는 것이 진리인데, 그런데 어쩌면 이것이 제일 마음을 무겁게 하고 복잡하게 만든다.＊

눈물 한 방울

I know how many times you shed tears.

내가 눈물을 흘렸다는 것을 알아주는 사람이 있는 것만으로도 위로가 되었다.
옆에 있는 사람의 이 한마디에 일어설 힘을 얻었다.
나로부터 따뜻한 위로를 기다리고 있는 사람이 내 옆에도 있었다.
그는 내가 가장 사랑하는 아들이다.

언론인이자 작가인 이어령 선생님의 인터뷰 기사를 읽었다. 그가 2021년 시제로 선택한 다섯 글자는 '눈물 한 방울'이다.

췌장암으로 수술을 하고 병상에 있으면서 마루에 쪼그리고 앉아 발톱을 깎다가 눈물 한 방울, 종종걸음을 치며 달아나는 작은 참새를 보고 눈물 한 방울, 코 푼 휴지를 휴지통에 넌지다가 볼을 타고 내리는 눈물 한 방울.

이어령 선생님은 코로나 팬데믹으로 고통을 받고 있는 오늘의 재앙을 끝내는 길, 몸과 더불어 영혼도 치유할 수 있는 길은 오직 인간만이 흘릴 수 있는 눈물 한 방울이라고 했다.

"눈물이 흘렀어요"

책을 펼치다가, 오래전 일기장을 꺼내 다시 읽다가, 음악을 듣다가도, 산책길에서도 아들은 눈물이 흘러내렸다고 했다. 그 당시 아들은 무엇을 할 때도 눈물이 나고 무엇을 하지 않을 때도 자꾸 눈물이 난다고 했다.

"울었어요"보다 "눈물이 났어요"라고 말할 때 아들의 마음이 더 절절하게 느껴졌고 내 마음 또한 미어졌다. 소리를 내며 흐느껴 울 때 나오는 눈물과 비교해서 마음은 몹시 아프고 괴로운데 그것을 혼자서 안으로 삭여야 할 때 나도 모르게 눈가에 눈물이 맺히고 닦을 새도 없이 볼을 타고 주르륵 흘러내리는 눈물이 더 서럽다.

'서럽다'는 '원통하고 슬픈' 마음이고 '원통하다'는 분하고 억울함이 내 마음 깊은 곳에 자리를 잡고서 나를 자꾸 아래로 끌어 내리는 '감정 덩어리' 때문에 생기는 느낌이다.

'억울하다'에 맞는 영어 단어는 무엇일까? unfair 또는 unjust 단어를 쓰기도 한다. 우리 말의 뉘앙스와 완전히 일치하지는 않지만 '공정하지 않은 것, 부당하고 공평하지 않다'고 생각할 때 느껴지는 그 감정이 '억울하다'로 표현 된다.

아들이 흘리는 눈물은 그동안 자신이 받은 공정하지 않 았던 대우, 공평하지 않았던 대접들이 모여서 만든 억울함 의 주머니에서 나오는 소리 나지 않는 방울이었다.

아들이 갖고 있는 소리가 나지 않는 방울은 쥐들이 모여 서 고양이 목에 달아 놓고 싶어 했던 '움직일 때마다 소리 가 나도록 만들어진 것'과는 다른 방울이었다.

소리 나지 않는 방울 소리를 들은 지금 내가 명심해야 할 것은 무엇일까? 그것은 똑같은 실수를 반복하지 않는 것이 다. 과거의 모든 것은 이미 내가 그렇게 한 것이다. 반성하 는 마음으로 나 또한 많은 회한의 눈물을 흘리지만, 어떻 게 하겠는가? 그것은 지금 중요치 않다. 지금 내가 할 일 은 과거의 잘못된 선택에 따른 뒷마무리를 충실하게 하는 것이다. 내가 뿌린 씨앗이니 그 열매는 내가 거두어야 한 다. 무엇인가를 선택할 때는 책임까지도 함께 선택하는 것 이니까 말이다.

인도의 성자 바바 하리 다스의 글이 생각난다.

앞을 못 보는 사람이 밤에 물동이를 머리에 이고 한 손 에는 등불을 들고 길을 걸었다. 그와 마주친 사람이 물었다. "정말 어리석군요. 당신은 앞을 보지도 못하면서 등불은 왜 들고 다닙니까?"라고 말했다. "당신이 나와 부딪히지 않게 하려고요. 이 등불은 나를 위한 것이 아니라 당신을 위한 것입니다."

그때의 나는 앞을 보지 못하는 장님이었지만 지금은 달라졌다. 아들의 앞을 훤하게 비춰주는 등불이 되기 위해 오늘도 내 마음의 '심지'를 가다듬는다.＊

그게 아닌데

It's really hard, right?

나의 코치 제시카는 한동안 말이 없었다. 시간이 조금 지난 후 입을 열었다.
"많이 힘들지? 그렇지?"
내 마음이 지금 어떤지 알고 있는 그녀의 공감 한마디가
다른 어떤 말보다도 진심으로 느껴졌다.

"낙산에 올라가고 싶어요."

혜화동 대학로 뒤로 올라가면 낙산이 있다. 아들이 좋아
하는 산이다. 낙산은 종로구와 성북구의 경계를 이루고 있
는 산인데 아들은 자퇴하고 학교 밖 아이가 된 이후부터
낙산에 자주 올랐다. 아들과 함께 대학로를 찾아 낙산을
오를 때마다 '우리 아이가 대학에 들어갈 수 있을까?' '대
학은 안 가도 돼. 그저 마음만 건강해지면 좋겠어'라는 두
가지 다른 생각이 번갈아 고개를 쳐들곤 했다.

산 모양이 낙타의 등과 같다고 하여 '낙타 낙駱'을 썼지만

내 마음에는 '떨어질 낙^落'으로 생각되는 낙산이었다.

"보고 싶은 연극이 있어요."

"그래? 제목이 뭔데?"

"그게 아닌데."

〈그게 아닌데〉는 '동물원 코끼리 대탈출' 사건을 모티브로 창작한 극으로 연출가 김광보 작품이다.

극은 동물원 코끼리가 탈출해서 도심을 누비고 다닌 사건으로 시작한다. 말이 느릿느릿 어눌하고 머리에 뭔가 문제가 있어 보이는 코끼리 조련사가 주인공이다. 그는 코끼리를 일부러 풀어 놓은 건지를 조사받기 위해 경찰서에 와 있다. 형사가 있고 조련사의 정신을 감정하는 정신과 의사 그리고 조련사의 엄마가 등장한다.

이들은 모두 각자 자신의 이야기만 한다. 아무도 조련사의 이야기를 들으려 하지 않고 '자신들의 생각이 옳다'고 주장하며 어떻게 해서든지 조련사의 행동을 자신들이 짜 놓은 시나리오에 맞추려고만 한다.

극 중 조련사인 아들이 힘들게 한 마디 한 마디 하면서 자신의 결백을 호소할 때 조련사의 엄마는 가방에서 빵을 꺼내어 우적우적 씹어 먹는다. 그 장면에 객석 여기저기서 웃음소리가 들렸지만 나는 웃을 수가 없었다. 아들이 하는 얘기에 집중하지 않고 게걸스럽게 빵을 먹는 그 엄마의 모습에서 '나의 모습'이 보였기 때문이다.

우리 아들이 어릴 적 기억들 하나하나를 꺼내어 펼쳐 놓을 때마다 그 기억 자체를 부정하거나 내 관점에서 내가 기억하는 부분만을 근거로 아들의 기억이 잘못되었다고 비난하기에 바빴다. 우리 아들이 비바람 몰아치는 폭풍 속에 맨몸으로 서서 그 비와 바람을 맞으며 혼자여서 외롭고 슬프고 눈물이 난다고 할 때 나는 '할 게 너무 많아서 힘들어 미치겠다'면서 내 넋두리로 아들의 입을 막았다.

'방 안의 코끼리elephant in the room', 모두가 잘못됐다는 것을 알면서도 먼저 그 말을 꺼낼 경우 초래될 위험이 두려워, 그 누구도 먼저 말하지 않는 커다란 문제를 은유적으로 표현하는 말이다

하루에도 몇 번씩 '삶의 끝'을 생각한다는 아들의 이야기가 내 귓속으로 정확하게 꽂히면 그 말이 현실이 될까 봐 두려워서 아들이 뭔가 심각한 얼굴로 나를 향해 입을 열 때마다, '안 들리는 척' '못 들은 척'하고 도리어 내 얘기를 쏟아내기 바빴다. 귀를 막고 입만 열고 있는 엄마의 모습이 아들을 더 아프고 외롭게 하는 줄 모른 나는 바보 엄마였다.

형사, 정신과 의사, 엄마의 억측에 가여운 조련사가 아무리 "그게 아닌데" "그게 아닌데"라고 말을 해도 아무도 그

의 말을 믿어 주지 않자 조련사는 차라리 '코끼리'가 되어 버린다.

눈물과 콧물이 뒤범벅되어 버렸다. 연극이 끝나고 불이 켜졌지만, 옆자리에 있는 아들을 제대로 쳐다볼 수가 없었다. 아들도 그 자리에서 움직이지 않은 채 그대로 앞만 쳐다보고 있었다. '방 안의 코끼리'는 언제까지 피할 수 있을까? 피하는 것이 좋은 선택일까?

우리 둘 다 코끼리를 보지 않은 척하며 아무런 이야기를 하지 않았다. 정리되지 않은 나의 감정으로 괜히 말을 꺼냈다가 그 대화의 방향이 어떤 쪽으로 흘러갈지 겁이 났고 그 대화가 어떻게 끝이 날지 두려웠다.

그때 내가 올바르게 대화하는 방법을 알았더라면 얼마나 좋았을까? 진정한 대화란 상대를 인정하는 데서부터 시작된다. 연극에서 나오는 그 누구도 조련사를 인정하지 않았고 엄마조차도 그의 말에 귀 기울이지 않았다. 대화를 잘하기 위해서는 상대방의 이야기를 잘 들어야 한다. '잘 듣는다'는 의미의 경청은 바로 상대방을 있는 그대로 인정한다는 적극적인 표현행위다. 그래서 경청을 잘해주면 상대방이 마음을 열게 되는 것이다.

어떻게 하면 상대방이 전하고 싶은 이야기를 잘 알아들을 수 있을까? 커뮤니케이션을 연구한 학자들은 우리가 하는 말은 전하고자 하는 메시지의 7퍼센트만을 전달할 뿐이라고 한다. 그 나머지는 음성, 어조, 표정 그리고 제스처에 의해 전달된다. 직접적인 메시지가 아닌 나머지 93퍼센트를 통해서 그 사람이 말하지 않는 내면의 감정과 욕구까지 듣는 것이 중요하다. 이것을 맥락적 경청이라고 한다.

맥락적 경청을 잘하기 위해서는 말하는 사람에게 '주의를 집중해서 듣고 있다'는 표시가 확실하게 나야 한다. 내 얘기에 오롯이 집중하고 있는 모습을 보아야 상대방을 믿고 이야기할 맛이 난다. 그리고 끝까지 들어야 한다. 도중에 나의 생각으로 추측하여 예단하거나 판단하지 말아야 한다. 방해받고 반박되고 있다고 느끼는 순간 말하는 사람은 더 이상 이야기하고 싶지 않다는 마음이 들게 되는 것이다.

우리 아들이 이 연극을 엄마와 같이 보려고 한 의도가 있는 걸까? 의도가 있었다면 그것은 무엇이었을까? 엄마가 무엇을 깨닫기를 바라는 것일까?

아들이 원했던 것은 자기가 힘들다고 할 때 "그래, 네가 지금 많이 힘들지"라면서 공감해주고, 너무 우울하고 외롭다고 할 때 따뜻하게 안아주는 것이었는데 나는 그 시간에 엄마의 입장을 얘기했고 엄마의 희망 사항을 끊임없이 요청했을 뿐이었다. 가슴이 답답하다는 아이에게 왜 답답하게 생각하느냐고 했고, 힘들다는 아이에게 너만 힘든 것이 아니라고 했다.

그게 아닌데… 그게 아닌데…*

요구와 욕구

We have to read his strong wish to do.

그의 마음속 욕구를 읽으려는 노력이 필요하다고 했다.
"싫어요."라고 의견을 말하는 것을 반항으로 해석하고,
궁금해서 "왜요?"라고 묻는 것을 따진다고 해석하는 사람은 어른이 아니라
그저 앞뒤가 꽉 막힌 답답한 사람일 뿐이다.
부모는 부모다워야 한다.

다섯 살이 채 되기 전에 둘째 아들이 물었다.

"왜 사람들이 엄마를 형님 엄마로만 불러요?"

그랬다. 시어머님도 "승하 에미야"라고 부르고 친정엄
마도 "승하네 집에 왔다"고 그렇게 말하고 나도 그냥 별다
른 생각 없이 큰아이 이름을 붙여서 '누구 엄마'로 나를 소
개하곤 했다. 그것을 듣고 둘째 아들이 이상하다며 그렇게
물었다.

아이 중에도 유난히 심세하고 예민한 아이가 있다. 섬세
한 아이는 조금 다르다. 다른 사람은 별것 아닌 것처럼 보

고 쉽게 지나치고 마음에 담아두지 않는 말이나 행동이 섬세하고 여린 아이들의 귀에는 낯설게 들리고 마음에는 불편함으로 들어앉는다. 심한 경우 아파하고 상처로 남는다. 모든 집의 둘째가 엄마를 형이나 누나의 엄마로 부른다고 '왜 그러느냐'고 묻지는 않는다. 별 신경을 안 쓰고 그런가보다 하고 무심하게 지나가는 경우가 더 많다.

그렇지만 섬세한 아이들은 그런 상황이 이상하게 느껴지기도 하고 더 나아가서는 정당하지 않다고 생각한다. '뭘 그런 걸 가지고 따지고 그러느냐'고 핀잔을 듣거나 '얘가 까다롭다'는 평가를 받으면 억울한 생각도 든다.

일반적인 사람들에게는 아무것도 아닌 그런 일도 섬세한 아이한테는 심각할 수 있다. 그렇기 때문에 성인이 되면서는 세상 살기를 힘들어하는 경향이 있고, 자기 성격에 문제가 있다고까지 생각한다. 보통 섬세한 사람들은 '까다로운 사람' 또는 '약한 사람'과 같은 의미로 오해를 받기도 하는데 섬세한 사람이 독특하거나 유별난 사람이 아니다.

여리고 섬세함이란 약점이 아니라 강점이 될 수 있다. 작은 차이를 느끼는 예민함, 나와 타인의 감정을 정확하게 읽을 줄 아는 능력이 있다. 이런 것들은 얼마나 귀중한가! 세상으로부터 쉽게 상처받는 여린 영혼을 갖고 있는 섬세한 아이들에게 부모가 '왜 이렇게 까다롭게 구느냐'고, '유별나게 그러지 말라'고, '대충 그러려니' 하고 지나가라고 윽박지르면 안 된다.

개인 심리학자 아들러에 따르면 형제간 서열에 따라 성격이 차이가 나며 일반적으로 섬세한 기질은 둘째 아들한테 많이 나타난다고 했다. 이런 이론을 알게 되면서 우리 둘째 아들의 성격이 예민하다거나 까다롭다고 생각하기보다는 섬세하다고 평가하며 좀 더 이해할 수 있게 되었다.

"안녕하세요? 하하 엄마예요."

"네? 개그맨 '하하' 엄만 줄 알았어요."

큰아들과 둘째 아들의 이름에 돌림자 '하'를 쓴다. 그 후로 큰아들과 둘째 아들 모두의 집이라는 뜻으로 우리 집을 대표하는 명칭은 '하하네'라고 쓰고 나를 '하하 엄마'라고 소개한다. 개그맨 하하의 엄마인 김옥정 여사가 아닌 평범한 하하 엄마 말이다.

'빙산의 일각'이라는 말은 어떤 일의 대부분이 숨겨져 있고 겉으로 드러나는 것은 아주 일부분에 지나지 않는다는 것을 이르는 말이다. 이 비유로 요구와 욕구를 설명할 수 있다. 수면 위로 드러나는 빙산의 일부분인 요구에만 집중하고 수면 아래 감춰져서 눈에 보이지 않는 거대한 몸체인 욕구를 파악하지 않는다면 문제를 근원적으로 해결할 수 없다.

사람들이 엄마를 '형의 이름을 붙인 엄마'로 부르는 이유를 묻는 마음속에는 '내 엄마인데'라는 의식이 있는 것이다. 이유를 묻는 마음의 깊은 곳에는 내 이름을 붙인 엄마로 불리면 좋겠다는 욕구가 깔려 있고 더 깊은 곳에는 엄마의 사랑과 관심을 더 많이 받고 싶다는 욕구가 자리하고 있다.

그래서 정신분석학적으로 빙산의 일각을 의식과 무의식으로 설명하기도 한다. 의식은 바다 위로 드러나서 우리 눈에 보이는 빙산이고, 무의식은 그 바다 밑에 감춰져서 드러나지는 않지만, 눈으로 보이는 부분을 지탱하는 거대한 몸체인 것이다.

사람은 머리로 생각하는 것과 마음에서 느끼고 있는 감정을 입을 통해 말로 표현하거나 몸짓과 같은 신체언어로 나타낸다. 그런데 성격에 따라 또는 후천적으로 학습된 자아 성숙도에 따라 직접적인 직설화법이 아니라 은유법을 이용해 돌리고 돌려 우회적으로 말하기도 한다.

특히 성격이 섬세하여 다른 사람의 기분을 살펴 가며 말하는 아이인 경우에는 자기가 하고 싶고 갖고 싶은 것을 대놓고 직접적으로 말하기보다는 빙 돌려 말하며 부모가 자기의 마음을 알아봐 주기를 바라고 빨리 문제를 해결해주기를 원한다. 부모가 자기가 말하는 요구를 넘어 말하지 않지만, 요구하게 만드는 거대한 몸체인 욕구를 해결해주기를 기대하는 것이다. 문제는 부모가 해결해주는 속도가 빠르면 빠를수록 자기에 대한 관심과 사랑의 크기가 정비례한다고 생각하는 것이다.

부모는 늘 깨어 있어야 한다. 긴장의 끈을 늦추지 않고 아이들의 내면에 있는 거대한 욕구 덩어리가 무엇인지를 늘 살펴야 한다. 그래야 뾰족한 빙산의 일각에 부딪히지 않고 순풍에 돛 단 배가 바다 위를 유유히 항해하는 것처럼 아이들과 평화로운 관계를 유지할 수 있다.*

강북멋쟁이

Don't worry!

걱정하지 마.
그저 이 한마디를 들었을 뿐인데도 불안한 마음이 조금은 가라앉았다.
아직 끝난 게 아니야.
그림이 다 완성되기도 전에 잘 그렸니 못 그렸니 평가하지 마.

내가 다니던 은행은 고객을 초대하여 함께 시간을 보내는 행사를 많이 주최했다. 2012년부터 새롭게 준비한 경연 예술제가 있었는데 각각의 국내은행이 개인 또는 단체를 구성해서 노래, 춤, 밴드 등 장르를 가리지 않고 참가해서 경연을 펼치는 행사였다.

2012년에 제1회 웰싱 투나잇WellSing ToNight을 시작했고 폭발적인 반응에 힘입어 그다음 해에도 이 행사를 이어갔다. 그 당시 아들 때문에 마음은 무겁고 가슴이 새까맣게 타들어 갔지만 회사를 다니는 한 고객 행사에 빠질 수도 없었고 도리어 내가 주도적으로 행사를 준비해야 했다.

주최 측인 우리도 고객분들께 즐거움과 재미를 선사하기 위해서 뭔가 멋진 공연을 준비하고 싶었다. 1회 때는 밴드를 결성해서 윤도현의 '나는 나비'를 노래하고 연주했는데 반응이 아주 좋았다. 지난해에는 노래와 연주였으니 올해는 춤을 추자는 의견이 나왔다.

2013년에 가장 인기 있는 춤 중에서 우리가 선택한 것은 씨스타 19의 '있다 없으니까'와 정형돈의 '강북멋쟁이'였다. 싸이의 '강남스타일'이 전 세계를 말춤으로 휩쓴 뒤를 이어 국내에서 인기가 있던 이 두 가지 춤을 우리 팀이 연습해서 공연하기로 결정했다.

그 당시가 아들의 심리 상태가 많이 불안정하던 시기였다. 낮과 밤이 바뀌는 생활 패턴으로 오전 내내 자다 깨기를 반복하고 엄마가 퇴근해서 집에 오기만 기다리고 있고 저녁 내내 먹는 것으로 스트레스를 풀던 시절이었다. 제일 힘들고 고통스러운 사람은 당사자였지만 옆에서 보는 나도 어떻게 해야 할지를 몰라서 괴로웠다. 머릿속은 하얗고 가슴은 새까맣게 타들어 가던 시기였지만 회사에서는 그런 표시를 낼 수도 없었고 내기도 싫었다.

퇴근 후에는 연습을 해야 했다. 아들이 기다리고 있는 집 대신에 홍대 근처에 있는 연습실로 달려가야 했다. 씨

스타 19의 '있다 없으니까'에서 다리를 좌우로 꼬고 옆으로 요염하게 눕는 동작을 연습하기 위해서 딱 붙는 스키니로 바꿔 입었다. 무거운 내 마음을 뒤로 속이고 명랑 발랄하게 연습해야 했다. 완벽한 공연을 준비하기 위해서는 타들어 가는 새까만 마음을 감춘 채 동작을 배우고 순서를 외우며 음악에 맞춰 연습을 해야만 했다.

니가 있다 없으니까 숨을 쉴 수 없어

곁에 없으니까 머물 수도 없어

나는 죽어가는데 너는 지금 없는데 없는데 없는데 없는데

니가 있다 없으니까 웃을 수가 없어

곁에 없으니까 망가져만 가는 내 모습이

너무 싫어 난 난 이제 기댈 곳조차 없어

왜 이리 난 또 바보같이 하루가 멀게 시들어가지

빛을 잃은 꽃처럼 그댈 잃어버린 난 그저

아프다 아프다는 말 뿐야 슬프다 나 혼자

오늘 밤도 울다 잠든다

이 노래가 청춘 남녀 간의 사랑과 이별을 노래한 것이든

아니든 상관이 없었다.

춤의 동작이 요염하고 교태를 부리는 것이든 아니든 그런 것이 문제가 아니었다.

'있다 없으니까'라는 제목부터 나의 가슴을 철렁하게 했고 그다음 떠오르는 생각은 하기도 싫었다. 나도 숨을 쉴 수가 없었고 웃을 수가 없었다.

아들의 외침이 들리는 듯했다.

'나는 죽어가는데 너는 지금 없는데'
'곁에 없으니까 망가져만 가는 내 모습'
'너무 싫어 난 난 이제 기댈 곳조차 없어'

몸을 꽉 쪼이는 스키니를 벗어 던지고 바로 아들한테 달려가고 싶었다.

다리를 이리저리 꼬면서 음악에 맞추어 동작을 따라 하고 있는 자신이 싫었다.

지금은 아들 옆에 있어야 할 때인데 내가 여기서 무엇을 하고 있단 말인가.

절규하는 아들의 목소리가 들렸다.

'왜 이리 난 또 바보같이 하루가 멀게 시들어가지'

'빛을 잃은 꽃처럼 그댈 잃어버린 난 그저'

'아프다 아프다는 말뿐이야 슬프다 나 혼자'

'오늘 밤도 울다 잠든다.'

또 다른 춤을 연습한다. 개그맨 정형돈의 '강북멋쟁이'

막 자고 일어나도 연예인 같고

막 찍어도 사진은 화보집 같고

막 걸어도 화려한 모델이 되는

쓸데없이 고퀄리티 강북멋쟁이

내 눈에 너무나 잘생긴 우리 아들을 묘사하는 것 같은 가
사다.

무한도전에서 정형돈이 추었던 동작 '네모댄스'를 배우
며 강북멋쟁이를 외칠 때마다 아들의 얼굴이 떠올랐다.

'얼마 전까지만 해도 모두가 칭찬하는 모범생이던 우리
아들인데.'

'강북멋쟁이는 누가 뭐라 해도 우리 아들인데.'

그 아들이 지금 방에 멍하니 누워서 내일이 없는 것처럼 살
아야 할 이유가 없는 것처럼 마음이 지옥이라니, 정말 믿을
수가 없었다. 지금 이 상황은 분명 꿈이라고 믿고 싶었다.

다 다른 멋으로 사는 거지
다 똑같은 얼굴에
다 똑같은 스타일
자기 색깔을 가져
우리 강북멋쟁이처럼

그래, 우리 아들은 조금 다른 길로 가는 것뿐이다.

사는 데 정답이 어디 있나.

우리 아들은 지금 자기만의 독특한 색깔로 하얀색 도화지를 채우는 중이야.

그림이 다 완성되기도 전에 잘 그렸니 못 그렸니 평가하지 마.

우리 아들은 이 세상에서 최고의 멋쟁이다.

그리고 얼마 후 리얼 버라이어티 음악 프로그램을 보았다. 음악에 조예가 깊은 정형돈, 유재환이 세계 음악 여행을 통해 얻은 음악적 영감을 서로 교감하는 과정을 리얼하게 담아내는 쇼큐멘터리. 그 프로그램의 이름이 '돈 워리 뮤직'이다.

Don't worry!

걱정하시 마.

그래, 맞아. 걱정하지 마. 걱정할 게 뭐 있어.*

마담 프루스트의 비밀정원

아들은 나한테 무슨 말을 듣고 싶었을까?
모든 것을 나의 잣대로 판단을 하고, 그때는 그럴 수밖에 없었다고 말하는 것은
그것 때문에 힘들고 괴로웠던 이에게는 여전히 핑계로만 들린다.

나의 퇴근 후 생활은 한동안 틀에 박힌 듯 매일매일이 비슷했다. 안방에서 옷을 갈아입고 씻고 나면 아들이 안방으로 건너온다. 하루 동안 지낸 이야기의 뒤끝에는 오늘 낮에 새롭게 떠오른 과거의 기억에 대하여 말한다.

대부분은 엄마가 자신이 하는 말을 무시하고 대수롭지 않게 반응해서 서운했거나 오해를 받아서 억울했던 일들이다. 나는 그런 기억이 머릿속에 전혀 없는데 그 기억들은 아들의 마음속 비밀정원 안에 그대로 차곡차곡 쟁여져 있었다.

〈마담 프루스트의 비밀정원〉이라는 영화를 아들은 인생 최고의 영화라고 말한다. 실뱅 쇼메 감독이 2014년에 개봉한 프랑스 영화다.

　어릴 적에 부모를 여읜 주인공 폴은 말을 잃은 채 두 이모와 함께 산다. 이모들은 폴을 세계적인 피아니스트로 만들려고 했지만 33살의 폴은 댄스교습소에서 피아노 연주를 하는 것이 전부다. 그러던 어느 날 우연히 이웃 마담 프루스트의 집을 방문한 폴은 그녀가 준 차와 마들렌을 먹고 과거의 상처와 추억을 떠올리게 된다.

　영화 속에 명대사가 많다.

　"인생에는 행복한 추억만 있지 않다."

　아들이 과거를 들추며 내 앞에 꺼내 놓은 조각들은 대부분이 슬프거나 외로웠던 기억들이었다.

　"기억을 되찾는 동안은 슬프지만 결국 그 슬픔을 잊게 되는 건 기억을 다 찾고 난 후다."

　마음속 깊은 곳에 가두었던 기억의 파편들이 입 밖으로 나오면서 여기저기를 할퀴었나 보다. 기억을 꺼내 펼쳐 내보이면서 아들은 억울해서 울고 서러워서 또 울었다.

　'기억하고 있는 것들이 다 진실일까? 왜곡된 기억이라면?' 설마 엄마가 그랬겠냐고, 전혀 그런 의도가 아니었을 것이라며 나는 애가 탔다.

부모는 의도를 기억하고 자식은 결과를 기억한다고 한다. 너 잘되라고 벌을 준다면 부모는 '너 잘되라는 것'을 기억하고 자식은 '벌 받은 것'만을 기억한다고 했다. 좋은 의도가 충분히 효력을 발휘하기 위해서는 받는 사람도 그 의도를 확실하게 인정하도록 전달해야 하는데 그때의 나는 이 부분이 부족했음을 나중에야 알게 되었다.

"상처도 치유도 황홀할 수 있어."

"아파도 기억과 직면해야 해."

"나쁜 추억은 행복의 홍수 아래 가라앉게 해."

나는 아들이 울음을 멈추고 멍하니 아무 말도 하지 않고 있는 시간이 불안했다. 나는 어떻게 해야 할 바를 몰랐다. 아들은 자기와 힘들게 다시 한번 싸우는 중이고 나는 이 시간이 또 빨리 지나가기를 기다렸다.

마음에 쟁여 놓았던 사실과 그때의 감정을 엄마에게 한바탕 쏟아내고 아들은 자기 방으로 돌아간 후 헤드폰을 끼고 음악을 듣는다. 누군가가 '음악은 기억을 되새기는 가장 좋은 수단이고 추억은 음악을 좋아한다'고 했다.

저 음악을 들으면서 아들은 어떤 기억을 떠올리려나. 아들의 기억 속 어딘가에 밀쳐져 있던 과거의 장면들이 아직도 순서를 기다리며 나올 때를 기다리고 있을까?

그때 나는 아들이 즐거웠던 기억은 생각하지 않고 행복

했던 추억은 떠올리지 않는 것이 답답하다고 했다. 내가 뱉은 말이나 행동에 대해서는 기억이 나지 않는다고 했고 그랬을 리가 없다고 고개를 흔들었다.

아들의 기억 속에 생생하게 있는 사실을 부정하는 것에 더하여 쓸데없이 그런 것을 왜 아직까지 생각하고 있느냐며 이제 그만 훌훌 털어버리라고 했다. 그저 스위치를 끄면 소리와 화면이 사라지는 TV처럼 아들의 머릿속을 내 멋대로 꺼버리고 지워버리고 싶었다.

그것이 정말 있었던 일이든 아들이 왜곡해서 그렇게 느꼈든 그게 중요한 것이 아니라 아들이 그런 일들 때문에 현재 이 순간까지도 마음이 아프다고 말하고 있는 것이 핵심인데 나는 그것을 파악하지 못했다.

엄마의 반응에 아들은 얼마나 가슴이 답답했을까? 안타까움을 넘어 바뀌지 않는 엄마의 태도에 절망스러웠을 것이다.

방에 들어가 헤드폰을 끼고 음악을 들은 것이 아니라 엄마의 자기변명에 귀를 닫고 싶었던 것인데 나는 그것조차 알아차리지 못했다.

아들이 〈마담 프루스트의 비밀정원〉 영화를 좋아하는 이유를 물어보면서 아들의 지금 감정이 어떻고 무엇을 원하는지를 알아보는 대화를 했었어야 했는데 그렇게 하지 못했다.

주인공 폴은 말을 잃었다. 내가 어떻게 하느냐에 따라 우리 아들도 입을 닫아버릴 수 있다는 것을 그때는 미처 깨닫지 못했다. 기억 속에 있는 이야기를 꺼내서 들려주는 일이 쉽지 않은 일이고 그런 과정에서 아들은 한 번 더 힘든 고통을 참고 견디고 있다는 것을 헤아리지 못했다.

받는 사람이 불편하고 싫다고 느낀다면 준 사람이 잘한 것이 아니다. 내 입에서 나간 말과 표정 그리고 몸짓과 같은 행동은 이미 내 것이 아니다. 내게서 떠난 말과 행동은 나의 입장이 아닌 상대방이 판단하는 것이고 그 사람이 받은 느낌과 감정에 대하여 나는 그렇구나 하고 인정하는 것이 맞다.

상대방이 느끼는 좋고, 싫고, 기쁘고, 슬픈 감정은 그 사람 것이다.

아들의 한 마디 한 마디는 사실이었고 진실이었음을 나중에야 알게 되었다.

아들아, 말을 잃지 않고 입을 열어줘서 고마워. 네 속에 담아두고 너 혼자 속앓이를 하느라고 얼마나 애썼니. 지금이라도 네 마음을 알게 해줘서 고맙다. 그리고 많이 미안해.

정신과 전문의 오은영 씨는 '부모가 주는 사랑과 자식이 받아들이는 사랑은 다르다' '부모는 사랑을 주었다고 하는데, 자식은 상처받았다고 느꼈다면 그건 자식의 감정이 옳다'고 했다.

마담 프루스트가 떠나면서 폴에게 쪽지를 전한다.

VIS TA VIE ; 네 인생을 살거라.

나는 거기에 한마디 덧붙이고 싶다.

VIS TA VIE. Vous avez bien raison ; 네 인생을 살거라. 네가 옳다.＊

나를 사랑하지 못하는 나에게

What would you like to happen with him?

아들에게 어떤 일이 생기길 원하니?
'혼자 있어서 외로워'가 아니라 혼자 있어도
행복한 사람이 되도록 자기 자신의 베스트 프렌드가 되었으면 좋겠다.
아들의 자존감을 높이는 지름길은 엄마의 사랑 안에서 마음껏 놀게 놔두는 것이다.

지나가다 어떤 음식 냄새가 더 강하게 느껴질 때가 있다. 이는 본능적으로 몸이 그 음식을 필요로 하기 때문이라는 연구가 있다. 부족함을 채우려는 자연스러운 반응이다. 처음 만나는 사람에 대한 평가를 할 때도 혹하고 느껴지는 감으로 하고 촉으로 하는 경우가 많다. 실제로 마주 앉아 이야기를 길게 나눠보지 않고 처음 보여지는 느낌과 옷차림으로 대충 그 사람의 취향을 알 수 있다. 물론 예외는 있지만 크게 나누어 외향적인지 내향적인지, 생각이 많은 타입인지 감정이 풍부한지 정도의 구분은 할 수 있다.

작은 한 부분을 보더라도 대강의 모습이 추정되는 것이다.

그 당시 나는 아들이 관심을 갖고 있는 분야가 어디인지 어떤 감정 상태인지를 그가 사들이는 책으로 알 수 있었다. 그즈음 아들에게 배달되어 오는 책의 제목은 ≪죽음이란 무엇인가≫ ≪정의란 무엇인가≫와 같이 대부분이 무척 철학적이었다. 그중에 내 마음을 너무나 아프게 한 책은 ≪나를 사랑하지 못하는 나에게≫였다.

책의 내용을 들여다보기 전에 책 제목만으로 내가 떠올린 생각은 우리 아들은 지금 '자기 자신을 사랑하지 못하고 있구나'였다. 내가 아닌 다른 사람한테 나를 사랑해달라고 강요할 수는 없지만, 내가 나 자신까지 사랑하지 못한다면 얼마나 마음이 쓰라릴까 하는 생각에 그 책의 제목을 보자마자 눈물이 났다.

아들은 어떤 마음으로 이 책을 샀을까? 제목이 마치 지금 자기 자신을 그대로 표현하는 것 같아서 끌렸을까? 아니면 이 책의 저자가 책을 쓴 의도대로 '있는 그대로의 내 모습을 인정하기 위한 자존감을 훈련하는 방법'을 배우기 위함이었을까?

나 자신이 가끔 싫을 때도 있고 실망스러울 때도 있다. 하지만 나 스스로 나를 사랑하지 못한다는 것은 어쩌면 내 편이 하나도 없다고 느끼고 어느 누구에게도 기대어 의지

할 수 없는 마음이며 그렇기 때문에 살아갈 의미도 없고 존재할 가치도 없다고 생각하는 것은 아닐까?

자존감을 높이기 위해서는 나를 있는 그대로 받아들이고 친절하게 대하라고 한다. '친절하게 대하다'의 의미는 '문제를 마주하고 그 어떤 것을 탓하기보다 바꿀 수 있는 것에 주목하는 것'이라고 ≪나를 사랑하지 못하는 나에게≫라는 책은 일러준다.

지금 아들이 처한 상황을 그대로 받아들이라고 하는 것이 옳단 말인가? 비극은 언제나 비교에서 시작된다고 말하지만, 비교를 안 할 수가 없다. 다른 친구들은 학교에 다니면서 우정을 쌓아가며 대학 입시를 준비하는 고등학생인데 우리 아들은 집에서 무거운 철학책을 탐구하며 삶과 죽음에 대하여, 공정함과 불평등, 정의와 불의에 대하여 온 시간을 쏟아붓는 이 생활을 그저 바라보고 있어야 하는 것인가? 이 상황 그대로를 인정하고 받아들이는 것이 부모의 옳은 태도일까?

'지금의 너는 문제가 없어. 이대로 충분해'라고 하는 것이 맞는 것인가? '너는 다른 사람들과 다르고 그들처럼 할 필요도 없어. 그들이 너보다 나은 것도 아니니까'라고 격려를 하는 것이 나의 진심일까?

내가 이 상황을 바꿀 수 있을까? 지금 괴로운 것이 약이 되는 자연스런 과정인가? 내가 어쩔 수 없는 일인데 바꿔 보겠다고 집착하면 할수록 모두가 힘들어질 텐데 어떻게 해야 할까?

인생에서 바꿀 수 있는 부분과 그렇지 못한 일을 구분하면 그 안에서 놓치고 있을지도 모르는 행복을 찾을 수 있다고 했다.

내가 지금 진짜로 아들에게 바라는 것은 무엇인가?

그것을 이루기 위하여 엄마로서 내가 바꿀 수 있는 것은 무엇인가?

그 일을 방해하는 일이 있다면 나는 그것을 어떻게 극복해야 할까?

폴킴의 '나를 사랑하지 않는 나에게' 노래의 가사가 귀에 들어왔다.

내 안에 어떤 아픔 있는지
무시하고 지냈어 미안해
깊게 생각해봤자지 싶어
그냥 지내보려 했어 사실
기다리던 친구의 전화
그 한 통이 얼마나 좋은지
참 외로운 사람이었구나

참 외로운 사람이었구나 싶어

바쁜 일들 사이에

반가운 얼굴 재밌는 이야기

꽤 살 만하다 생각했어

또 맛있는 먹거리와 날 무감각하게 만드는

이 모든 거

근데 나는 나를 사랑하지 않았나 봐

내 안에 여태 숨어 있던

어린 소년이 말을 걸어와

오랜만이야 어렵게 말 거네

사실

사실 그동안 많이 아팠다고

어렵게 어른이 된 지금에 와

옛이야기들을 굳이 꺼내 놓는 게

부질없는 일이라며

마주하려 하지 않았던 날

후회해

나 사는 게 바쁘단 핑계로

나는 나를 사랑하지 않았나 봐

나는 나를 사랑한 게 아니었나 봐 *

그만두지 마세요

How much important the current job to you?

나를 잘 아는 제시카는 직장인으로서 일하는 것이
나 자신에게 얼마나 큰 의미가 있는지,
내가 느끼는 존재감과 성취감 등에 관해 진지하게 생각을 해보라고 했다.
엄마로서 아내로서 말고 딸로서 동생으로서 말고…
나는 누구인가?

"은행을 그만둬야 할 것 같아."

"네? 왜요?"

"네가 자퇴를 하고 하루 종일 혼자 집에 있겠다고 하는데, 엄마가 회사에서 마음이 편하겠니?'

"그렇다고 그만두시겠다고요?"

"그럼 어떻게 해. 회사에 있어도 마음이 불안하고 네 걱정이 돼서 일을 제대로 할 수가 없을 것 같은데."

"엄마 걱정되면 자퇴하지 말고 그냥 학교에 다니든지 그럼. 응?"

자퇴를 하겠다는 아들을 여러 이유를 들면서 말리고 설득해도 고집을 꺾을 수가 없어서 내가 내밀 수 있는 마지막 카드를 썼다. '엄마가 은행을 그만두겠다고' 말이다.

우리 아들은 엄마가 직장생활 하는 것을 자랑스러워하고 적극적으로 응원을 하는 편이었다. 평소에 은행에서 있었던 일도 아들에게 많이 이야기하는 편이었고 외국에서 방문하는 동료와 주말에 만나서 쇼핑을 하고 식사를 해야 하는 경우 상황이 허락되면 아들과 함께 가기도 했다.

아들이 함께하면 자연스럽게 개인적인 이야기를 많이 나누게 되어 외국에서 온 동료와도 인간적으로 더 쉽게 친해지는 것 같았고 아들도 '엄마가 회사 동료와 이런 대화를 하는구나'하는 간접 경험도 쌓을 수 있어서 가능하면 주말에는 아들과 함께 움직이려고 했다. 솔직히 이런 기회를 통해서 아들이 영어의 필요를 많이 느껴서 영어 공부에 힘써주기를 바라는 목적도 은근히 컸다.

그러다 보니 엄마가 은행을 '그만둘 수밖에 없다'는 선언에 아들은 충격을 받은 것 같았다. 자기로 인해서 엄마가 오랜 기간 자부심을 갖고 열심히 다니고 있는 은행을 그만두게 될지도 모른다는 생각에 '멈칫'하는 모습을 보였다.

실제로 가정에 문제가 있으면 직장생활에 지장이 있을 수밖에 없다. 표정은 어둡고 기분은 축 처져있어 누가 봐도 의욕이 없어 보인다. 개인적인 전화나 문자도 많아지고 점심시간에는 동료나 거래처 손님과 식사하기보다는 개인적인 볼일을 보는 경우가 많아진다. 일에 대한 집중도 떨어지고 적극적으로 새로운 일을 벌이기보다는 의무 방어적으로 일을 최소한으로 줄여나가게 된다.

은행과 가정생활은 나에게 우열을 가리기 어려울 정도로 중요했다. 정년퇴직까지 은행을 다닐 거라고 공언하고 다닌 것을 아는 친구들, 선배 그리고 동료들에게 아들 때문에 은행을 그만두어야 할 것 같다고 얘기를 했을 때 나의 인생 멘토들은 거의 이를 만류했다.

24시간을 아이 옆에 있는 것이 절대 도움이 안 될 거라며 후회할 결정을 하지 말라고 했다. 가끔은 시간적, 공간적으로 떨어져 있어야지 하루 종일 한 공간에서 함께 있으면 아들에게도 부담감과 압박감을 줄 것이고 나 자신도 쉽게 지치고 스트레스로 인한 우울증에 빠질 수 있다며 다들 말렸다.

'너 때문에 내가 잘 다니던 은행까지 그만뒀는데' '너 때문에 내 인생 망쳤어'라는 생각이 들면 아이가 미워지고 그렇게 되면 아들과 사이가 나빠질 것이 뻔하다고, 앞이 훤히 보인다며 인생 선배들이 장담했다.

그럴 것 같았다. 엄마인 나도 누구의 눈치도 보지 않고 누구도 신경 쓰지 않고 긴 호흡의 숨을 쉴 나만의 시간과 공간이 필요했다. 어떤 날은 햄버거를 사서 지하 주차장에 내려가 차 속에서 점심을 해결하며 나를 위한 30분으로 마음을 챙기는 날도 있었고, 그런 짧은 쉼으로 인해 터질 것 같던 마음이 진정되는 효과를 경험하기도 했다.

많은 갈등을 겪은 후 결국 아이는 자퇴를 선택했지만 나는 은행을 그만둔다는 선택지를 버렸다. 몇 달 전까지만 해도 학급 회장으로 모범생이던 아들이 갑자기 학교 밖 아이로 바뀐 상황도 내게는 충격이고 쉽게 받아들여지지 않는데, 인정받는 직장인으로 자신감이 넘치던 내가 어떤 준비도 없이 갑자기 전업주부로 집에 있게 되면서 겪게 될 상실감을 이겨낼 자신이 없었기 때문이다.

문득 '아들은 지금 어떤 기분일까'하는 생각이 들었다. 60년 가까이 인생을 살아 온 나도 이런 변화가 두렵고 무서운데 모범생으로 학교에서 인정받으며 잘 지내오다가 어느 날 갑자기 학교 밖 아이로 내몰린 아들은 지금 이 상황이 얼마나 두렵고 무서울까?

'직장인으로서의 나'는 '엄마로서의 나'보다 훨씬 먼저 시작됐던 나의 소중한 일부분이고 거창하게 말하면 내가 사회 안에 우뚝 서 있다는 것을 보여주는 자존심이었다. 대학을 졸업하고 여기까지 성실하게 달려 온 나의 귀중한 삶의 자부심이었다.

힘든 일이 생길 때마다 '그만둬야 하나'하는 마음의 갈등을 계속 겪겠지만 일단 나의 영역은 굳건하게 갖고 가기로 마음을 먹었다. 이런 강한 엄마의 모습이 지금 터널 속에 갇혀 있는 아들에게 긍정적인 자극이 되고 어려운 위기를 이겨나가는 힘이 되지 않을까 하는 작은 바람을 갖고서 말이다.

아들은 자기로 인해서 엄마가 은행을 그만두지 않게 되어 안도하는 것처럼 보였고 가능한 나의 직장생활에 방해가 되지 않으려고 노력하는 모습을 보였다. 집에 혼자 있으면서 마음이 쓸쓸하고 공허해서 누군가와 이야기하고 싶을 때도 엄마한테 전화하지 않으려고 노력한다는 이야기를 들으면 마음이 너무 아팠지만 이겨내야 할 과정이라 생각하고 아들도 나도 이를 악물었다.

힘든 시기였다. 매일매일 매 순간 선택을 해야 하는데 답을 몰랐다. 그때는 '예, 아니오' 또는 '한다, 안 한다'와 같이 선택지가 두 가지밖에 없다고 생각했다. 타협이나 협상의 여지가 없다고 생각해서 제3의 대안을 생각할 마음의 여유가 없었다.

인생길에는 딱 떨어지는 정답이 없는데도 불구하고 우

리는 답이 없는 문제를 끌어안고 끙끙거리며 살아간다. 꽉 막힌 길 위에서 언제 앞이 훤하게 뚫릴지 몰라서 답답할 때가 있다. 우회도로를 따라 빙빙 돌아가는 것이 시간을 버리는 것이 아닐까 걱정스러워서 옆길로 빠지는 게 쉽지가 않다. 그러나 때로는 직선 코스에 비해 우회도로로 돌아가는 것이 나름 잘하는 선택일 수도 있다.

오은영의 '화해'에서 말한다.

"사람들은 언제 실패야, 성공이야 이렇게 결론적으로 말할까? 최선을 다한다는 것은 언제까지 지속적으로 하는 것을 말할까? 내가 제일 신뢰하는 말은 '나는 해낼 수 있어. 왜냐하면 나는 해낼 때까지 계속해서 해나갈 것이기 때문이다'이다. 결과가 좋아야 최선을 다한 것이고 성공을 해야 열심히 한 것으로 인정을 하는 것은 이치에 맞지 않는다."

개그 콘서트에서 박성광이 날린 "1등만 기억하는 더러운 세상"이라는 멘트에 얼마나 많은 사람이 열광했는가? 100 등은 1등을 향해 가는 과정 중에 있다. 아직 때가 이를 뿐이다. 아직 그때가 아닌 것뿐이다.

"열심히 했는데 결과가 좋지 않을 때는 어떻게 해야 할까? 그때가 내가 나에게 격려하고 응원을 해줘야 하는 때다.

힘든 일, 그냥 나는 오늘 만났을 뿐이다. 그것을 다른 사람은 이미 오래 전에 만났었을 수도 있고 다른 친구는 아직 안 만났을 뿐이다.

힘든 일을 만나고 안 만나는 것이 중요한 것이 아니라 힘든 일을 대하는 나의 마음에 따라 기회가 되고 전환점이 될 수가 있다."

둘러 돌아가는 여정 속에서 예상치 않은 경험도 쌓을 수가 있다. 잘한 건지 못한 건지 그 결과는 목적지에 도착한 다음에야 알 수 있다. 길을 바꾸는 것이 뭔가 실수와 실패를 더 얹은 것으로 생각한다면 옆길로 가는 내내 시간만 지체되고 있다는 마음에 초조할 수도 있다.

인생의 내비게이션은 경험이고 연륜이다. 아들과 힘들었던 경험을 한 것이 나를 코칭의 세계에 발을 들여놓게 했다. 대학원에서 코칭의 이론을 공부하고 많은 실습을 하면서 자격증을 따고 코치가 되었고 실제 현장에서 고객을 만나고 있다.

지금 이 순간 사춘기에 있는 아들과 딸로 인해 직장을 그만둬야 할지 고민하는 엄마와 아빠에게 '아이들의 상황에 따라 부모의 환경을 크게 바꾸지 말라'고 조언하고 싶다.

아이들은 숨죽이며 부모의 사회적 지위가 바뀌는 것을 지켜보고 있다. 원인 제공이 누구이고 무엇 때문에 부모가 직장을 그만두려고 고민하는지를 알면서도 그 결과가 갖고 올 많은 문제가 아이들도 신경이 쓰이고 걱정이 되는 것은 피할 수가 없다.

아이들이 가장 듣기 싫은 말은 '자식들 먹여 살리느라 뼈 빠지게 일했는데'로 시작하는 부모의 푸념이다. 부모가 '희생적 삶'을 살았다고 자식한테 생색을 내는 것은 옳지 않다. 아이를 위해 모든 것을 희생하는 것처럼 보여야만 아이를 사랑하는 엄마인 건 아니다. 희생을 드러내 보이려는 순간 내가 먼저 보이고 보상을 받고 싶은 욕구가 나를 괴롭히기 시작한다.

타인 중심으로 살면 누구의 탓을 하기 쉽다. 주도적인 삶을 살아야 한다. 내가 운전대에 앉아 운전대를 잡고 가고자 하는 방향도 내가 선택하고 책임도 내가 지자. 정녕 자식들을 위하여 살고 싶다면 말이다.

정년퇴직을 하고 되돌아보니 '어떤 힘든 일이 있어도 끝까지 포기하지 않고 정년까지 은행을 다니겠다'고 다짐했던 그때의 결정은 참 잘한 선택이었다.*

We decided to play a long-term war.

우리는 장기전을 뛰기로 했습니다

눈빛 관상

What do you want to see in his eyes?

아들의 눈빛에서 내가 보고 싶은 것은 무엇이었을까?
내가 원한 것은 삶을 여유롭고 긍정적으로 보는 그의 선한 눈빛이었다.
그런데 세상을 밝게 보라고 말하면서 막상 그에게 건네준 것은
엄마의 비뚤어진 자존심과 경쟁심으로 만든 까만 안경이었다.

'눈빛 관상'이라는 말을 들었다. 눈빛은 변하지 않기 때문에 눈빛으로 그 사람의 운명을 알아본다고 한다.

2020년 코로나19로 인해서 사람들은 누구나 예외 없이 마스크를 끼고 다녀야 한다. 공공기관에 출입할 때 마스크 없이는 출입이 제한되고 지하철과 같은 대중교통을 이용할 때 마스크를 쓰지 않으면 벌금을 내는 것은 물론 주위 사람들의 시선이 따가워서 있을 수가 없다.

다른 사람의 시선과 상관없이 공공질서와 건강한 방역 지침을 지키기 위해 권고된 필요한 조치에는 잘 따라야 하

는 것이 국민의 의무사항이기도 하다.

눈빛이란 무엇인가? 국어사전에는 눈에서 비치는 빛, 또는 그런 기운이라고 말한다. 마스크를 쓰고 있는 사람의 눈만 보고서는 그 사람이 누군지를 알아보기가 생각보다 어렵다. 눈빛은 사람마다 다 다르다고 하니 금방 알아차릴 것 같아도 그렇게 쉽지가 않다. 체격이나 옷차림보다 먼저 얼굴 전체의 모습으로 알아차리던 습관에 익숙해서 눈만 내놓고 눈 밑을 마스크로 전부 가린 얼굴만으로는 저 사람이 누구인지 느낌이 팍 오지 않는다.

흔히 눈은 마음의 창이라고 한다. 눈을 보면 이 사람이 지금 무슨 생각을 하고 있는지, 감정 상태는 어떤지, 나한테 하고 싶은 말이 있는지를 대강은 알 수 있다. 곤히 잠자고 있는 아기를 바라보는 엄마의 따뜻한 눈빛, 사랑하는 연인끼리 주고받는 달콤한 눈빛과 헤어질 때 연인에게 보내는 그리운 눈빛, 출근 시간에 늦은 신입직원의 초조한 눈빛, 거짓말이 탄로 날까 봐 걱정하는 개구쟁이의 불안한 눈빛처럼 그 종류가 다양하다.

권투 시합 전에 상대 선수에게 뿜어내는 강렬한 눈빛과 결연한 각오로 프로젝트를 시작하며 '나를 따르라'고 앞장서는 리더의 카리스마 눈빛도 있다.

마음이 힘들고 외로울 때 아들의 눈에는 빛이 없었다.

그저 바라보며 옅은 미소만 가볍게 지을 뿐이었다. 갈수록 말수가 적어지는 아들의 마음을 들여다보고 싶은데 눈빛이 흐려지면서 그 눈을 통해 마음을 읽을 수가 없었다. 기쁨도 노여움도 원망도 없고 그저 도를 닦는 수도자의 표정으로 '이럴 수도 있지' '그럴 수도 있지' 하는 달관의 경지에 이른 철학자의 모습이었다.

시간이 흐르고 아들의 마음이 점차 단단해지면서 제일 먼저 눈에 띄는 것이 옛 모습으로 돌아온 깊고 부드러운 눈빛이었다. 잃었던 빛이 살아났다. 열정도 보이고 의지도 들어 있고 자신감도 뿜어져 나왔다. 아들의 눈빛이 되살아나는 속도와 비례해서 입은 열리고 말수는 늘어났다. 그의 마음이 안정된 만큼 그의 눈길이 머무는 자리에는 새로운 계획이 세워졌고 희망이 보였다. 아들은 자기의 일 년 후를 눈앞에 그렸고 삼 년 후 변화될 자기의 모습을 나에게 살짝살짝 보여주었다.

힘든 시간을 버티고 이겨낸 힘은 어디서 나온 거니?

그 시간을 겪으며 얻은 교훈이 있다면 무엇일까?

앞으로 네가 정말 원하는 것은 무엇이니?

목표를 향해 나가면서 무엇부터 준비해야 할까?

지금 이 순간 너의 마음은 어떻니?

눈빛은 안 변한다고? 아니다. 눈빛은 변한다. 마음의 평

안함과 희망의 크기에 따라 눈빛의 느낌이 다르고 눈빛의
세기가 변한다.

아들아, 너 기억하지?
네가 좋아한 라이온 킹에 나오는 '하쿠나 마타타'

문제없어, 근심 걱정 모두 떨쳐버려
다 잘될 거야, 걱정하지 마
이건 너의 남은 일생 동안 걱정 없이 살라는 의미야
우리 인생의 철학이지. 문제없어
하쿠나 마타타 *

시간 만들기

You are doing well.

제시카는 내 어깨를 토닥거리며 지금 잘하고 있다고 격려해주었다.
아들도 엄마가 변하고 있음을 알 거라며 위로를 해주었다.

처음 뵙겠습니다

이 1초의 짧은 말에서 일생의 순간을 느낄 때가 있다

고마워요

이 1초의 짧은 말에서 사람의 따뜻함을 느낄 때가 있다

힘내세요

이 1초의 짧은 말에서 용기가 되살아날 때가 있다

축하해요

이 1초의 짧은 말에서 행복이 넘칠 때가 있다

용서하세요

이 1초의 짧은 말에서 인간의 약한 모습을 볼 때가 있다

안녕

이 1초의 짧은 말이 일생 동안의 이별이 될 때가 있다

사람은 1초에 기뻐하고 1초에 운다

'세이코시계' 광고 카피다.

그 시절 내 마음과 같았다. 아들의 표정, 말 한마디에 천당과 지옥을 왔다갔다하던 시절이었다. 1분 1초에 내 마음이 널뛰었다.

"아들아, 네가 관심이 있고 하고 싶은 것이 무엇인지 생각해봐."

학교 밖 아이로 지내는 아들을 보는 것이 너무 힘들었다. 평일에는 출근하고 직장에 있으면서 눈으로 직접 안 보니까 조금은 낫지만, 방에 틀어박혀 혼자서 있는 다 큰 아들을 봐야 하는 퇴근 후 저녁 시간이 나에게는 고문이었다.

나도 이런데 당사자야 오죽 괴로울까 하는 마음이 들면서 아들이 어딘가에 몰두해서 재미를 느끼고 시간을 잘 보냈으면 좋겠다는 생각이 들었다.

"요즘 인터넷으로 시계 공부를 하고 있어요."

"시계 내부가 진짜 복잡하지만 하나하나 뜯어보면 되게

재미있어요."

"그래, 그럼 시계 공부 많이 해. 난 네가 시계 전문가가 되어도 좋아, 너만 좋다면."

아들은 시계를 종류별로 특성을 찾아 연구하고 각 나라의 시계들을 서로 비교 분석하면서 한동안 시계 삼매경에 빠져 공부를 했다.

급기야 아들은 내게 진지하게 의견을 구했다.

"스위스에 있는 전문적인 시계 대학에 가서 공부하는 것은 어떨까요?"

시계 공부를 하면서 어떤 기분이 들었니?

스위스로 유학을 가고 싶다는 이유는 무엇일까?

너의 성격 중에서 어떤 부분이 시계 공부에 흥미를 느끼게 하고 몰입하게 하는 걸까?

나는 아들이 뭔가를 시작할 수만 있다면 그것이 요리든 시계든 어떤 종류의 길이든 상관이 없다는 마음이었다. 단지 우리 아들이 본인이 선택한 그 길을 가면서 웃음을 되찾고 행복할 수만 있다면 그것으로 만족한다고 생각했다.

그런데 남편의 반응은 예상 밖이었다. 하루 종일 좁은 작업실에 웅크리고 앉아서 한쪽 눈에 작업용 확대경 루페를 끼고 시계 속을 들여다보는 그런 일을 왜 시키려고 하느냐며 정색을 했다.

안 그래도 안으로만 움츠리고 다른 사람들과 어울리지를 못하고 있는 아이를 점점 더 외부 세계와 단절시키는 환경에 가두려고 한다며 더 이상 시계 얘기는 꺼내지도 못하게 했다. 아들의 시간은 지금 멈춰 있는데 아빠의 시계만 열심히 째깍거리며 돌고 도는 것 같았다.

그즈음 우리나라 시계 명장의 인터뷰를 보았다. 그는 본인의 일을 '고장 난 시계에 새 생명을 불어넣는 작업'이라고 표현하며 자신의 일에 대단한 자부심을 가지고 있었다.

"시계는 시각을 알려주는 것이 의무인데 시계가 움직이지 않고 멈추어 있으면 죽은 것이나 다름이 없으니 그것을 손을 보아 움직이도록 살린다면 새로이 생명을 탄생시키는 일이지요."

이렇게 말하며 본인의 일에 큰 보람을 느낀다고 했다.

그때부터 나는 엄마로서 철이 들기 시작했다. 아들에 대한 욕심을 하나씩 내려놓았다. 일류 대학에 입학하길 바란다거나 대기업에 취직하고 예쁜데 착하기까지 한 그런 여자를 만나서 강남의 고급 아파트에서 살기까지는 바라지 않았다. 그래도 대학은 나왔으면 좋겠고, 안정된 직장에 취직하고 결혼을 해서 아들딸 낳고 그렇게 평범하게 살았으면 좋겠다고 생각하며, 이 정도는 욕심을 부리는 것이 아니라고 자기 최면을 걸고 있는 중이었다.

사람마다 살아가는 길이 다 제각각이고 어떤 길을 선택하는 것이 옳다거나 정답이 있는 것은 아니라고 말은 쉽게 하면서도 막상 내 아이가 가려고 하는 길을 무조건 찬성하고 응원하기는 쉽지 않다.

검정고시로 고등학교를 졸업할 수도 있고 대학을 가지 않고 자기가 하고 싶은 일을 빨리 선택해서 그 길로 먼저 출발할 수도 있는 것이고, 아이가 행복하기만 하다면 부모는 흔쾌하게 그 결정을 인정하고 응원을 하는 것이 맞는 것이라고 나를 다독거리면서 마음을 잡아가고 있었다.

그 시계 명장은 인터뷰에서 우리의 삶을 시계에 비유했다.

"우리도 시계처럼 정직하고 정확하게 빈틈없는 삶을 살아야 합니다. 그런데 또 시계처럼 너무 정확하게 살면 쉽게 지쳐버리니까 가끔은 고장 난 시계처럼 여유도 가지면서 살았으면 좋겠어요."

보통 시계 하나에 들어가는 부품은 100여 개 정도인데 명품시계에는 150개가 넘는 부품이 들어 있다고 한다.

나는 우리 아들이 명품이라고 믿는다. 우리 아들이 친구들과 다른 길로 가는 것을 더 이상 불안한 눈으로 바라보지 않는다. 남들과 다른 많은 일을 겪고 있는 것이 어렵고 힘들기도 하지만 이러한 다양한 경험들이 나중에는 꼭 필요한 부품들로 제 역할을 할 수 있다는 믿음이 있다. 늦게

가는 것이 아니라 천천히 가는 것이다.

모진 비바람에 깨지고 부러지더라도 포기하지만 않는다면 내성이 생기고 면역이 생겨서 다져지고 굳어진다고 생각한다. 명품시계에는 더 많은 부품이 필요하듯이 다양한 많은 경험을 한 우리 아들은 세상에 하나밖에 없는 명품 아들임을 굳게 믿는다.

그때 아들한테 이런 생각을 말해줬더라면 얼마나 좋았을까?

믿어 주는 엄마에게 어깨를 한번 으쓱해 보이며 자신감이 한껏 더 올랐을 텐데 아쉽다. '우리 아들을 한 번 더 웃도록 만들 수 있었을 텐데'라는 생각에 마음이 시리다.

리꼬모 광고 카피다.

시계는 시간을 보기 위한 것이 아니다.
시간을 만들기 위한 것이다.

아들아, 지금 너는 멈추고 있는 것이 아니야. 태엽을 감으며 시간을 만드는 중이란다. 너만의 멋진 인생을 만드는 중이라고! *

다이어트

Pls reward!

아들의 다이어트에 제시카는 큰 관심을 가졌다.
확실한 목표를 세우되 너무 무리하면 안 된다고 했다.
가장 중요한 것은 노력한 결과에 대해서는
확실하게 보상해주어야 한다고 강조했다.

98.6 kg. 이대로 가면 며칠 내에 100kg을 돌파할 것 같
았다.

하루하루 살이 찌는 것이 눈에 보였다. 심할 때는 2~3
일에 1kg씩 살이 찌고 있었다.

학교를 자퇴하던 2013년에는 70kg 정도였던 아들의 체
중이 2014년에는 80kg, 2015년에는 90kg이더니 2016년
에는 100kg을 향해 가고 있었다.

'빼는 건 국도, 찌는 건 고속도로'라는 재미있는 체중 관
련 표어처럼 살이 찌는 속도는 무서울 정도였다.

스트레스를 푸는 가장 쉬운 방법이 먹는 거라고? 아니다. 틀린 말이다. 먹고 있는 딱 그 순간만 잠시 스트레스 멈춤 버튼이 작동할 뿐이다. 먹자마자 후회가 밀려온다. 내가 이렇게 자제력이 없단 말인가? 누가 옆에서 뭐라고 안 해도 스스로 자책하게 되어 스트레스가 순환 또 순환되어 간다.

아들은 무섭게 먹어댔다. 하루 종일 집에 혼자 있다 보니 낮에 자고 밤에 깨어 있게 되고 긴긴밤에 깨어 있으니 배가 고파온다. 조금 귀찮지만, 슬리퍼만 찍찍 끌고 나가면 편의점이 있다. 두세 가지 사 들고 온다. 습관적으로 먹으며 책 읽고, 마시며 음악 듣는 규칙적인(?) 생활을 한 지 몇 주일이 지나면서부터는 자기 자신도 어떻게 멈춰야 하는지를 모르는 듯했다. 아니 모르는 것이 아니라 이미 손을 놓고 포기한 것처럼 보였다.

"시민 공원에 나가서 좀 걸어라." "운동 좀 해." "그만 먹어." "어쩌려고 이렇게 먹니? 다 먹지 말고 좀 남겨." 나는 도움이 되지 않는 잔소리만 해댔다.

그러던 어느 날 무엇이 아들을 움직이게 했는지 모르겠지만 아들이 살을 빼겠다고 선언했다. 눈물 나게 고마웠다. 어떻게 도움을 주어야 할지 뭔가 응원과 지지를 해주고 싶은데 어떤 방법이 좋을지 확신이 서지 않았다. 아들에게 엄마가 어떻게 해주길 원하는지 물어봤다.

아들은 나의 도움이 필요 없다고 했지만, 그 힘들다는 다이어트에 나도 동참하기로 했다. 구체적인 목표를 세웠다. 각자 3주일 동안 뺄 체중을 정했다. 워낙 급속도로 체중이 불어 난 아들은 다이어트 초기에는 3주일에 3kg을 빼겠다고 했다. 체중계를 거실에 놓고 아침저녁으로 몸무게를 재고 기록했다. 할 수 있는 만큼 실현 가능한 방법을 선택했다.

다이어트용 건강 보조제를 주문해서 먹고, 진동을 줌으로써 운동 효과를 낸다는 밴드를 24시간 내내 배에 차고 있었다. 처음에는 조금만 걸어도 발바닥이며 무릎이 아파서 5분도 걷기 힘들었지만 조금씩 거리를 늘려가면서 매일매일 시민 공원을 걸었다. 그리고 일주일에 한 번 가던 펜싱을 세 번으로 늘렸다. 빈도수를 늘려 펜싱클럽에 가서 땀을 흘리고 나서 저녁은 웬만하면 먹지 않고 그대로 자려고 노력했다.

3주씩 끊어서 감량 목표를 정하고 본인이 목표한 체중을 빼면 아들과 내가 합의한 대로 보상시스템을 만들어 가동시켰다. 용돈을 더 주는 금전적으로 보상을 하기도 하고, 내가 휴가를 내어 뮤지컬 공연을 함께 보러 가기도 하는 등 그때그때 하고 싶은 것들로 힘들게 감량을 하는 서로에게 보상해주었다.

나 또한 아들과 잦은 외식으로 불어난 몸무게를 줄일 겸 해서 열심히 목표 체중에 도달하기 위해서 노력했다. 내가 계획한 목표를 달성하면 아들도 나에게 상을 주었다. 낮잠 자지 않기, 책 읽고 엄마한테 요약해서 이야기해주기 등 내가 원하는 일들을 해주었다. 스스로 마음을 먹고 약속을 지키는 아들이 그저 대견하기만 했다.

우리 아들이 이용하는 다이어트 회사에서는 다이어트 보조제를 배송하는 상자 안에 다이어트 표어 스티커를 함께 넣어 보내줬다.

'몸매는 습관이다!' '내 몸매는 내 역사다!' 정말 맞는 말이다. 무엇을 어떻게 먹는지를 보면 왜 살이 쪘는지 왜 말랐는지를 알 수 있다. 먹는 것과 움직이는 패턴을 보면 알 수 있다. 지금 내 몸매는 이제까지 나의 식습관을 보여주는 역사라는 말에 동의한다.

'몸매가 명품이면 뭘 입어도 명품'이라고 했던가. 아들의 옷맵시가 살아났다. '인생이 살 빼기 전과 후로 나뉜다'는 말처럼 몸이 가벼워질수록 아들은 잃었던 웃음을 되찾았다.

"십 년이면 강산이 변하고 십 킬로면 사람이 변한다."

이 말이 맞았다. 아들은 살이 빠질수록 자신감이 쑥쑥 늘어났고 바닥을 쳤던 자존감이 쭉쭉 올라오는 것이 보였다.

우리 아들은 1년 만에 28kg을 빼서 70kg의 날씬한 몸매를 되찾았다.

"숨겨진 아름다운 나의 몸매, 살과 함께 잊힐 텐가!"

아들의 건강한 몸매와 더불어 아들의 멋진 웃음과 무엇이든지 할 수 있다는 긍정적인 삶의 자세까지 한 세트로 찾았다. 정말 대성공이었다.

코칭의 궁극적인 목적은 고객이 가고자 하는 방향으로 현실적인 계획을 세워서 그 방향으로 나아가도록 하는 것이다. 현재 지금의 상황을 점검한 후 변화가 필요한 부분, 더 강화할 부분, 예상되는 장애요인을 제거하는 방법 등을 파악하고 실제적으로 행동에 옮기도록 격려해야 한다.

먼저 미래를 바라보고 현재를 설계하는 것, 꿈꾸는 삶을 이루기 위해 지금 이 순간을 바람직하게 사는 것에 초점을 맞춘다.

목표를 성공적으로 달성하기 위한 실행계획은 SMART 하게 세워야 한다.

S-specific ; 구체적이고,

M-measurable ; 측정이 가능하고,

A-actionable ; 행동할 수 있고,

R-realistic ; 실현 가능하고,

T-Timely ; 시기 적절하게!

실행해야 성공 확률이 높다.

아들의 다이어트는 스마트하게 실행되어 그 결과가 대만
족이었다.

코칭으로 만나는 고객들이 가고자 하는 목적지에 도달
하기까지 그 과정을 함께하는 코치로서 자신감이 생겼다.
많은 분과 함께 손잡고 씩씩하게 앞으로 나아갈 준비가
되었다.*

또래 멘토

He is growing up in silence.

침묵 속에서도 아들은 성장하고 있으니 염려하지 말라고 제시카는 나를 안심시켰다.
때로는 말하지 않는 것도 대화의 한 방법이고,
침묵으로 더 강력한 메시지를 전달할 수 있다.
그러나 올바르게 말하는 방법으로 따뜻한 미소와 함께 내 마음과 생각을
정확하게 전달할 수만 있다면 그것이 제일 바람직하다.

우리는 잘 통해.

우리는 뭔가 죽이 척척 맞아.

우리는 정말 코드가 맞아.

무언가 나와 비슷한 느낌을 갖는 사람을 만나면 반갑다. 좋아하는 음식, 색깔, 취미와 같은 단순한 것으로부터 삶을 대하는 자세, 살아가는 방식 그리고 가고자 하는 방향이 많이 닮았다고 느낄 때 소위 꿍짝이 맞고 이야기가 잘 통할 때 그와 함께하는 시간이 재미있고 집중하게 되어 시

간 가는 줄 모른다.

만난 지 얼마 안 된 사람이라도 공통점이 많으면 아주 오랫동안 알고 지내 온 사이처럼 익숙하고 편안하다. 이런 케미가 맞는 친구가 많으면 많을수록 하루가 재미있고 빠르게 지나가서 이 세상을 사는 것이 외롭지 않게 느껴진다.

아들은 학교 밖 아이가 되고 난 후에는 만날 친구가 없었다. 고등학교 3학년인 아들 친구들은 대학 입시를 준비하느라 밤늦게까지 야간 자율 학습을 하고 학원 다니며 정신없이 바쁘게 지내고 있어서 간간이 카톡이나 메시지로 서로 안부나 묻는 정도였다.

아들에게는 대화를 나눌 사람이 필요했다. 시간을 때우기 위한 것이라기보다는 가슴속에서 올라오는 들끓는 감정들과 머릿속에 가득 찬 생각들을 분출할 기회가 필요했다. 누군가와 이야기를 나누면서 비워내기도 하고 토론을 하면서 순환도 시켜야 하는데 그대로 고여 있는 상태에서 본인의 감정과 생각이 계속 가득가득 쌓여만 가니 머리도 가슴도 제대로 돌지 않고 꽉 막혀 답답한 상태로 보였다.

엄마나 아빠처럼 세대 차이가 나고 틈만 나면 꼰대 짓에 일방적인 설교를 하려고 목소리를 높이는 사람은 아들에게 도움이 되지 않겠다 싶었다. 외로움이 해소되는 것이 아니라 괴로움만 쌓여 가고 대화를 함으로써 실타래가 풀리는 것이 아니라 엉켜가는 기분이 될지도 모른다고 생각했다.

아들과 말이 통하고 죽이 맞고 코드가 맞아서 시간 가는 줄 모르게 만들어 줄 사람을 찾아야 했다. 나이가 비슷하고 성격이 좋은 또래가 어디에 있을까? 주위를 둘러보았다. 친구의 아들과 딸 중에서도 찾아보았고 주위에 소개를 부탁했다.

캐나다에서 공부하고 한국에 들어와서 직장을 구하고 있는 친구의 딸이 아들과 만났다. 노트북을 갖고 '스타벅스'에서 만나서 함께 디자인 작업을 했다. 미술에 관심이 많은 아들은 그 누나와 미술작업을 하며 그동안 쌓인 스트레스를 푸는 것 같았다.

또 아들보다 서너 살 위인 대학생을 소개받았다. 작은 지하방을 월세로 얻어서 고등학생 과외로 학비를 벌고 있는 성실한 학생이었다. 그 형은 한동안 아들과 산책하면서 많은 이야기를 나눴다. 점심도 같이 먹고 좋은 책과 음악에 대해서 토론도 했다.

은행 업무로 알게 된 국내은행 임원분이 멋진 따님을 소개해주셨다. 학교 밴드에서 보컬 담당으로 노래하고 학교 대표로 댄스 경연대회에도 출전하는 밝고 활동적인 누나였다. 운동도 좋아해서 스키며 볼링 등 못하는 스포츠가 없다고 했다. 그 누나의 적극적이고 활발한 모습을 보며 우리 아들이 좋은 자극을 받길 원했다. 그 열정을 따라 하고 싶다는 마음이 솟아나길 바랐다.

한동안은 이런 누나와 형이 아들의 멘토가 되어 다행이다 싶었으나 여러 가지 이유로 그 관계는 계속되지 못하고 몇 번 만나다가 흐지부지되었다.

침묵이란 아무 말도 없이 잠잠히 있는 것 혹은 그런 상태를 말한다. 한마디로 조용함을 지키는 것이다. 많은 시간을 혼자 지내면서 아들이 침묵하는 날이 많아졌다.

영국의 비평가인 토머스 칼라일은 "웅변은 은이요, 침묵은 금이다."라고 했고 잠언 17장 28절에는 "미련한 자라도 잠잠하면 지혜로운 자로 여기고 그 입술을 닫히면 슬기로운 자로 여긴다."라고 했다. 그러나 아들이 입을 닫으면 닫을수록 침묵의 시간이 길어지면 길어질수록 내 가슴은 답답해지고 초조해졌다.

불안한 마음에 아무 말 잔치를 벌이는 날들이 많아졌다. 이야기 좀 하자고 아들을 앞에 앉혀 놓고는 정리되지 않은 말을 쉼표 없이 길게 늘어놓는데 딱히 내용은 없었다. 아들의 시간은 아들의 것이다. 부모라고 해도 그 시간을 함부로 빼앗을 수는 없다. 부모가 아이들을 불러다 놓고 훈계를 하든, 설득하든 하면서 보내는 그 시간을 자식들이 아깝지 않다고 느끼도록 부모는 많은 고민과 계획을 세워서 그 시간을 효율적으로 가치 있게 사용해야 하는데 나는 어떠했는가.

무엇을 얘기하고자 하는지 나도 모르겠으니 아들은 얼마나 답답했을까. 쉬지 않고 끊임없이 이야기를 늘어놓고 급하게 서두르면 서두를수록 아들은 나를 안쓰럽게 쳐다보았다.

코칭을 공부하면서 대화의 내용만큼 중요한 것이 대화의 내용을 전달하는 방법이라는 것을 알게 되었다. 알맞은 어휘를 골라서 사용해야 하는 것은 기본이고 말하는 속도, 크기, 어조 등 모두가 중요하다. 그리고 또 기억해야 하는 것이 상대방의 이야기를 중간에 끊지 않고 끝까지 듣는 예의, 상대방이 이야기를 시작할 때까지 기다려 주는 여유, 상대방의 이야기에 반박하듯이 급하게 반응하지 않아야 한다.

상대방이 입을 열지 않고 말을 시작하지 못할 때 그 시간과 공간을 치고 들어가지 말고 2~3초간의 스페이스를 유지하고 지켜야 한다. 이런 부분을 세심하게 신경 쓰고 배려할 때 대화의 품격이 높아진다.

상대방이 주는 침묵에 두려워하지 말아야 한다. 상대방은 그 시간에 자기 자신을 되돌아보기도 하고 생각을 확장시키고 여러 가지 생각을 서로 연결시켜 결론에 이르는 정리의 과정을 갖고 있을 것이기 때문이다. 침묵하는 것이 그저 멈추어 있다기보다는 그 침묵 속에서 깊이와 넓이의 기지개를 쭉쭉 켜며 마음의 감정과 머리에 있는 생각을 스트레칭하고 있는 것이니 방해를 하지 않아야 한다.

어느 TV 프로그램에서 들었다. 부모들이 아이들과 대화하면서 가장 만족한다고 느끼는 순간은 '우리 아이들이 내 말을 잘 듣는구나'이고 아이들이 가장 행복하다고 느끼는 순간은 '우리 부모님이 내 마음을 잘 아는구나'라고 한다. 그 차이가 크면 클수록 서로 간에 섭섭함과 억울함이 쌓여간다. 대화하면서 잠시 멈추어 시간을 갖도록 기다릴 수 있는 것은 서로가 신뢰하고 있다는 것이고 배려하는 것이다.

어린아이와 대화할 때는 눈높이를 맞추라고 한다. 나는 아들과 눈높이를 맞추는 것과 더불어 감정의 깊이를 맞추려고 노력했다. 혼자 남겨진 느낌을 나누어야 했다. 세상에서 나를 이해해주는 사람이 하나도 없고 혼자 완벽히 고립돼 있는 것 같은 느낌. 힘든 시간을 겪고 있을 때 이런 생각은 특히 더 심하다.

격리되고 소외되고 고립되었다는 느낌은 매우 고통스럽다. 사회와 연결돼 있다는 결속감은 그 자체만으로도 마음의 안정을 주고 기쁨을 준다. '나는 일이 잘 안 풀려서 이렇게 괴로운데, 다른 사람들은 모두 잘 지내고 마냥 행복한 생활을 하는 것만 같다.' 아들이 이런 마음이 될 때 최소한 엄마는 항상 옆에 있다는 것을 잊지 않도록 해야 했다.

사람은 소속감에 대한 욕구가 있다. 타인과의 지속적인 교류를 통해 소속감을 느낄 수 있는 반면 고립은 사람의 발전을 방해하고 마음을 병들게 한다. 이것이 바로 인간이 끊임없이 주변 환경과 비슷한 공통점을 찾고 코드를 맞춰보려고 노력하는 이유이다. 내 고민이 혼자만의 것이 아니라는 것을 깨달았을 때 믿을 수 없이 편안해진다.

우리는 잘 통해.
우리는 뭔가 죽이 척척 맞아.
우리는 정말 코드가 맞아.
가끔 아들과 이야기가 잘 통한다고 느낄 때 너무 행복했다.

아들아, 엄마가 신세대인가 봐. 밀레니얼 세대인 너하고 이렇게 얘기가 잘 통하는 걸 보니. 하하하.
나중에야 알았다. '잘 통하고 죽이 맞고 코드가 맞는 것은 둘 중에 한 사람이 맞추는 노력을 하는 것이라는 것'을 말이다.
아하, 바로 너였구나.*

토토의 존재감

It helps.

분위기를 긍정적으로 만드는 계기가 될 거라고 했다.
새로운 가족이 된 토토에게 기대하는 것이 많았다.

"얘들 둘밖에는 없나요?"

소개받고 찾아간 애견숍에는 새까만 푸들 한 마리와 하얀색 몰티즈 한 마리가 있었다. 두 마리 다 그다지 눈에 들어오지 않았다. 뭔가 집에 데리고 가고 싶은 '애다' 하는 모습이 아니어서 바로 뒤돌아 나왔다.

아이들이 초등학교 시절에 잠깐 시츄를 키웠던 적이 있었는데 털이 많이 빠지고 집 안에 넘쳐나는 오줌 냄새를 감당할 수가 없어서 몇 달 만에 이웃에게 보낸 적이 있었다. 그런데 이번에는 분위기를 조금이라도 활기차게 하기 위해서 반려견을 키우면 어떨까 하는 생각이 들었다. 강아지를 키우면서 겪게 되는 그런 불편함보다 더 큰 간절한 목적으로 지금은 반려견이 꼭 필요하다는 생각에 어디서 강아지를 데려올까 하고 여기저기에 알아보았다.

유기견이 사회적인 문제로 한창 크게 얘기가 되고 있어서 이왕이면 버림받은 강아지를 입양하는 것이 좋겠다는 생각으로 과천 서울대공원의 반려동물분양센터를 찾아갔다. 그런데 유기견을 입양하는 과정이 생각만큼 쉽지 않았다. 유기견을 입양하기 위해서는 반나절 동안 유기견을 입양하는 데 필요한 사전 교육을 받아야 했다.

회사에 휴가를 내고 과천까지 가서 교육을 받았다. 입양하려고 하는 사람에게는 반려견을 키워본 경험이 있는지부터 어떤 목적으로 입양을 하려고 하는지 등을 묻고 하루 중에 반려견이 혼자 있어야 하는 시간이 얼마나 되는지, 산책은 얼마나 자주 시킬 수 있는지 등 입양하는 사람의 인성은 물론이고 입양된 후 반려견이 지낼 집안의 환경까지 꼼꼼하게 확인하는 교육 프로그램이었다.

반려견과 함께 지낼 사전 준비 없이 즉흥적인 결정으로 반려견을 입양하는 것을 방지하도록 교육 프로그램이 잘 준비되었다는 생각이 들었다. 교육이 끝난 후 견종, 성별,

사이즈 등 우리가 입양하기 원하는 타입을 적어놓고 분양센터에서 연락이 오기를 기다렸지만, 열흘이 지나도록 소식이 없었다.

언제 올지 모르는 연락을 마냥 기다릴 수가 없어서 그냥 빨리 애견숍에서 한 마리 사기로 마음을 먹었다. 그래서 애견숍을 찾아갔는데 하얀색 몰티즈는 겁먹은 듯 기운이 없어 보였고 까만색 푸들의 눈빛은 왠지 슬퍼 보이기까지 했다. 집안 분위기를 밝고 활기차게 만들어 줄 강아지가 필요했는데 둘 다 눈에 들어오지 않았다.

그런데 참 이상했다. 애견숍을 나와서 집으로 오는 내내 푸들의 그 눈빛이 내 눈앞에 자꾸 어른거렸다. 한 달 된 까만 푸들의 눈빛이 슬퍼 보여서 두고 나왔는데 그 슬픈 눈빛이 자꾸 내 눈에 밟혔다. '어? 엄마가 왜 나를 안 데리고 가지' 하는 듯이 놀란 모습이 슬퍼 보이는 눈빛에 더해져 간절해 보였다.

집에 오자마자 혹시나 하고 애견숍에서 찍어 온 푸들의 사진을 아들에게 보여줬다. 아들은 사진을 보자마자 '이 아이를 얼른 데려오라'고 했다. 그 길로 다시 가서 슬퍼 보이던 그 새까만 푸들을 품에 꼭 안아서 데려왔고 그 아이는 '토토'라는 이름을 가진 우리 집 셋째 아들이 되었다.

2016년 미국 매체 리틀띵스의 작가 로라 케슬리는 여러 연구를 통해 특별히 훈련된 안내견이나 치유견이 아닌 일반적인 강아지가 우리 인간에게 미치는 건강 효과를 12가지 정도 소개했다. 그중에 내 관심을 끈 것은 '반려동물과 시간을 보내면 스트레스와 관련한 호르몬인 코르티솔의 수치가 낮아진다'는 심리적인 부분이었다. 그 영향으로 우리 마음의 불안감은 감소하고 기분은 진정된다고 한다.

이런 효과를 기대하면서 토토와 살기 시작했다. 반려견은 가능한 매일 산책을 시켜야 하기에 아들은 아무리 피곤해도 몸을 일으켜 토토와 밖으로 나가서 함께 걸었다. 하루에 만 보 이상 걷겠다는 아들의 목표가 토토 덕분에 달성되고 있었다.

토토에게 밥을 주고 물도 갈아줘야 하니 몸도 많이 움직여야 했고, 눈곱이 끼었는지 코는 마르지 않고 촉촉한지를 살피면서 보호하고 신경을 써줘야 하는 책임감을 아들은 갖게 되었다. 함께 있다는 생각에 외로움은 덜어지고 따뜻함을 느끼게 되어 자연스럽게 우울하다는 생각이 덜해졌다. 이렇듯 반려견은 진정 효과 외에도 여러 가지 긍정적인 면이 많았다.

"가장 외롭고 힘들 때 진정한 눈빛으로 감싸주고 위로를 해준 것은 엄마나 아빠가 아니라 토토였어요."

아들이 나중에 말해주었다. '많이 슬프구나. 네 마음이 느껴져. 마음껏 소리 내어 울어도 돼'라고 말하는 듯한 토토의 깊은 눈빛에 아들은 위로를 받았다고 했다.

따뜻한 몸을 옆에 바짝 붙여서 기대어 누우며 '외롭구나. 나는 언제나 네 옆에 있을게. 혼자라고 생각하지 마'라고 말하는 듯한 토토의 다정한 온기 덕분에 혼자라고 느껴져서 시리고 외로웠던 그 순간을 버틸 수 있었다고 했다. 엄마 아빠보다 토토가 더 위로되고 위안이 됐다는 말을 들으며 여러 생각이 들었다.

사람은 꼭 화려한 어휘나 미사여구로 위로를 받아야 위안을 얻는 것은 아니었다. 함께 있는 시간과 공간 속에서 느껴지는 따뜻한 공기를 같이 숨 쉬는 것만으로도 충분했다.

아들은 토토를 하나의 생명체를 넘어 한 인격체로 대했다. 토토 중심의 대화를 한다. 주어가 '나'인 이야기는 최대로 줄이고 '네'가 이렇구나, '너의 생각'이 이렇구나, '너의 심정'이 이렇구나, '너는 이런 것을 좋아'하는구나, '너는 이런 점이 다르'구나 하는 관점에서 생각하고 말을 건네는 이해심 많고 다정한 토토의 형님이었다.

토토가 눈을 감고 졸고 있으면 함부로 건드리지 않고, 엉덩이 쪽을 만지면 싫어하니까 조심하고, 토토가 싫어하는 것은 최대한 조심을 했다.

토토를 대하는 아들의 이타적인 마음에서 부모의 사랑이 보였다.

'부모의 마음을 갖는다.' 엄마인 나는 어떻게 했는가? 부모로서 지켜야 하는 기본적인 예의를 지켰는가? 부모의 권리를 주장하기 전에 부모의 역할을 제대로 했는가? 아들을 어떻게 대해야 한다는 생각이라도 했었던가?

아들에게 뭔가를 얘기하려고 할 때 얼마나 많은 생각을 하고 고심을 하면서 준비를 했는가?

어느 질문에도 자신 있게 대답할 수 없는 내가 싫어졌다. '나는 왜 이 모양이지?' '내가 그렇지 뭐.' 엄마로서 자꾸 낮아지는 자존감이 느껴진다. 근본적인 해결방안을 찾고 싶다.

어쩌면 모른 척하고 싶어서 덮어 두었던 나의 기본적인 나쁜 버릇과 고질적인 습관부터 고쳐야 할지 모르겠다. 내가 미처 몰랐던 내 생각이나 행동의 패턴을 찾아보자. 만약 나에게 기질적인 문제가 있다면 나의 문제를 먼저 개선하려고 해야 한다. 어른이 된다는 것은, '나를 알아가는 과정'이라고 했다. 그것을 제대로 알고 직면해보자. 바꾸려는 노력을 해야 나 또한 성장을 하는 거니까.

사랑 참 어렵다. 부모로서 자식을 사랑하는 것이 남녀

간의 사랑보다 더 어려운 것 같다. 운전면허를 딸 때 교통
법규를 배워야 하듯이 부모의 길을 가는 데 필요한 바른
자세와 태도는 어디서 어떻게 배워야 할까? *

대안학교

How does your son want to live?

제시카의 질문을 받으며 아들이 갖고 있는 그만의 색깔을 생각해보았다.
그가 마음껏 자신의 끼와 개성을 펼쳐 보이도록 도와주고 싶다.
조급해하지 말고 편견과 선입견을 버리고
바라봐줘야 하는 것을 알면서도 그게 쉽지 않다.

"가출한 적이 있나요?"

"아니요."

"싸우거나 사고를 친 적은요?"

"없는데요."

"욕하고 폭력적인가요?"

"전혀 아닌데요."

"담배는 피우겠죠?"

"제가 아는 한은 안 피웁니다."

"술은요?"

"집에서 저희와 아주 가끔이요."

"그럼 왜 이런 학교에 오려고 하는 거죠?"

"……"

"이런 데 잘못 왔다가 다른 애들한테 물들면 큰일 나요. 여기 있는 애들은 다 문제아들이에요."

"문제아들이라고요?"

나는 이 학교에 우리 아들을 보낼 수 없다는 생각이 들었다. 욕하고 술 마시고 담배 피우고 싸우는 아이들이 있어서가 아니라 그런 아이들을 '문제아'라고 표현하는 이런 선생님으로부터는 배울 것이 없다는 생각이 들었기 때문이다.

태어날 때부터 문제아는 없다. 단지 현재 문제를 갖고 있는 아이일 뿐이다. 사람 자체가 문제가 아니라 행동 방식이 문제인 것이다. 사춘기 호르몬 때문이거나 또는 가정의 형편과 상황으로 인해 마음속에 있는 욕구가 바람직하지 못한 형태로 분출되고 있을 뿐이다. 얼마나 안타까운 현실인가.

화와 분노는 본능이고 자연스러운 감정이다. 그 감정을 밖으로 어떻게 표현하느냐에 따라 착하다 또는 못됐다고 평가된다. 성품이 좋고 잘 컸다고 하거나 싹수가 안보이고 '싸가지'가 없는 아이로 단정된다.

아들이 자퇴한다고 했을 때 가족 모두가 '멘붕'이었다. 전혀 생각해 본 적도 없고, 계획하지도 않은 상황이 벌어져서 지금 이 상황이 꿈인지 현실인지 그저 멍멍할 뿐 아무 생각도 할 수가 없었다.

정규학교 교육만 알고 있을 뿐 홈스쿨링이라든가 대안학교 같은 교육 시스템에 관해서는 아무런 지식도 정보도 없었다. 며칠이 지나면서 이렇게 손을 놓고 있을 수는 없다고 나를 추스르며 인터넷을 검색하면서 몇몇 유명 정치인들과 연예인 중에 자녀들을 대안학교에 보냈다는 기사를 보았다.

대안학교는 정형화되고 일률적인 공교육의 문제점을 보완하고 학생을 중심으로 자율적인 프로그램을 운영하여 억압적인 입시교육에서 벗어나 좀 더 다양하고 자유로우며 자연 친화적인 교육을 받을 수 있도록 가르치는 학교라고 했다. 설립 취지가 바람직하게 보였다.

1990년대 경상남도 산청 지리산 밑에 설립된 '간디청소년학교'가 우리나라에서 본격적으로 대안학교를 찾아볼 수 있게 된 시작이었고, 고등학교 학력을 인정해주는 인가된 대안학교 중에 몇 곳은 학교의 인지도도 좋고 유명한 외고나 특목고에 버금갈 만큼 입학 경쟁이 치열했다. 괜찮다고 알려진 대안학교에 문의해보니 고등학교 2학년부터는 전학을 받지 않는다고 했다. 대학 입시를 준비하고 있는 다른 학생들한테 지장이 있어서 빈자리가 있어도 충원을 할 수가 없다고 했다.

어느 정도 역사가 있고 이름도 꽤 알려진 대안학교라면 학교의 분위기도 괜찮고 아들도 적응을 잘할 수 있겠다는 생각이 들었다. 마음이 급해졌다. 대안학교에 관한 아들의 의견은 물어보지 않은 채 나는 웬만큼 좋다고 알려진 대안학교는 직접 찾아가서 빈자리가 나면 연락을 해달라고 부탁을 해두었다.

강화도에 있는 산마을학교에서 학생들이 수업하는 모습을 보았다. 교과 커리큘럼과 수업을 하는 방식이 정규학교와 조금 다를 뿐 그곳에 다니고 있는 학생들 모두 순수하고 착해 보였다. 아직 솜털이 보송보송한 어린 친구들이고 뭐든지 할 수 있고 노력하는 만큼 꿈꾸는 대로 모든 가능성이 무한대로 열려 있는 학생들이었다.

나에게 큰 울림을 준 어느 대안학교 교장 선생님의 말씀을 읽었다.

아이들이
자기를 사랑하고 세상을 따뜻하게 품으려면
지금 그리고 미래에 아이들에게 필요한 힘은 무엇일까?

아이들이

자신에게 주어지는 삶의 과업과 질문을 해결하고

살아가는 힘을 가지려면

학교는 아이들에게 어떤 경험과 관계를

선물해야 할까?

아이들이

자신이 사랑할 만한 '나'를 발견하도록 돕고

삶을 살아가는 힘을 가질 수 있도록 하기 위해서

우리의 수업과 교육활동, 우리의 관계와 삶은

어떻게 변화해야 할까?

협상 이론에는 BATNA Best Alternative To a Negotiated Agreement가 있다. 협상에 의한 합의가 불가능할 경우 협상당사자가 취하게 될 다른 대안을 의미한다. 확실한 대안이 있어야 협상에 자신 있게 임할 수 있고 협상을 중단하거나, 협상 상대방을 다른 사람으로 바꿔서 이야기를 이어나갈 수도 있다.

학교를 자퇴하는 우리에게는 어떤 대안이 있는가? 집에서 혼자 공부하는 홈스쿨링, 대안학교, 하고 싶은 일을 찾아 이대로 직업의 세계로 발을 들여놓는 것이 과연 좋은 대안일까?

'열정의 디바' 인순이가 홍천에 다문화 대안학교인 '해밀학교'를 설립했다. '비가 온 뒤 맑게 갠 하늘'이라는 뜻인 '해밀'이라는 이름이 아주 멋지다. 인순이는 해밀학교의 설립 목적을 다문화 가정 아이들의 정체성과 자존감을 찾도록 돕고 남들과 조금 다르게 태어난 '다름'을 그대로 받아들여 강해지도록 교육하는 것이라고 했다.

인순이는 취미로 우산을 그린다. 비바람을 막아주는 우산, 뜨거운 햇살을 가려주는 우산을 즐겨 그리는 것처럼 아이들을 우산 아래로 모아서 따뜻하게 품어주는 귀한 마음을 가졌다.

나는 아들의 '다름'을 어떻게 받아들였었나? 독특한 개성으로 인정하고 새로운 가능성이 열렸다며 긍정적인 기대감으로 가슴이 뛰었던가? 아들의 결정을 믿어 주고 새로운 길을 걸어가는데 외롭지 않도록 친구가 되었었는가? 인생을 길게 보고 여유 있게 한 걸음씩 가도 전혀 늦는 게 아니라고 격려하고 응원했던가?

아들은 집에서 많은 책을 읽고 음악을 들으며 자신의 정신세계를 알차게 채우고 있었다. 볼링을 치고 펜싱을 하고 한강변을 달리며 내일을 달려 나갈 체력을 기르느라 땀방울을 쏟고 있었다. 그러면서 검정고시를 준비하고 만점에 가까운 점수로 고등학교 교과 과정을 마치고 또 다른 비상을 위해 커다란 날개를 펼치고 날아올랐다.

그래요

난 난 꿈이 있어요

그 꿈을 믿어요

나를 지켜봐요

인순이가 부르는 '거위의 꿈'은 정말 좋은 노래다.

아들의 꿈을 믿고 지켜보는 요즘의 나는 꿈꾸고 있는 듯

무척 행복하다.＊

주사위를 던지다

It's fair.

공정한 게임이군.

외식을 하기로 한 어느 날이었다. "어디로 갈지 정해. 나는 의견 없어."라고 분명히 말했던 남편이 내가 '초계국수' 얘기를 하면 "나 어제부터 배가 살살 아파서 차가운 건 못먹을 것 같아." '해물찜'을 먹으러 갈까 하면 "그거 하나 먹으러 그 먼 데까지 가?" 그러면서 퇴짜를 놓았다.

뭐든지 잘 먹는 큰아들은 오늘따라 돼지갈비가 먹고 싶다고 했고, 둘째 아들은 피자나 스파게티가 먹고 싶다고 했다. 동서양 메뉴가 하나씩 다 언급되면서 의견이 하나로 모아지지가 않았다. 이왕 가족끼리 밥을 먹으러 가는데 모두가 좋아하는 메뉴를 골라서 기분 좋게 먹으면 좋으련만 시간은 흐르는데 메뉴가 하나로 통일되지 않았다.

"주사위를 던지자. 정해지면 무조건 따르는 거야."

나는 책상에 있는 주사위를 집어 들었다. 남편은 뜨끈뜨 끈한 '누룽지닭백숙'을 적어서 주사위 한 면에 붙이고 큰아 들은 '돼지갈비'를 둘째 아들은 '피자'라고 적은 스티커를 붙였다. 나도 진짜 먹고 싶은 메뉴를 적었다. 미나리하고 쑥갓을 건져 먹고 나중에 야들야들한 수제비를 넣고 끓여 먹는 얼큰하고 칼칼한 '메기매운탕'이 내가 먹고 싶은 메뉴 였다. '메기매운탕'이라고 적힌 스티커까지 붙인 주사위를 각자 한 번씩 던져서 가장 많이 나온 메뉴를 먹기로 합의 했다. 주사위는 네 번 던져졌다.

상상해보라. 신이 누구의 손을 들어 주었을지. 세 남자 가 주사위 결과에 승복하고 집을 나섰다. 시원한 바람을 맞으며 일산으로 가는 자유로를 달리다 커다란 물레방아 가 돌아가는 집으로 들어갔다. 두 번이나 연속적으로 나온 '메기매운탕'이 그날의 메뉴로 낙점이 된 것이다. 본인들 이 원하던 메뉴는 아니었지만, 다행히 모두의 입맛에 맞았 나 보다. 오래간만에 식구가 유쾌하게 밥을 먹었다. 엄마 가 선택한 메뉴로 식사를 하면서 아주 흡족하게 외식이 마 무리되었다.

모두가 자기 의견을 냈고 정당하게 주사위로 결정했다. 그리고 결과에 깨끗하게 따랐다. 가장이라고 가장 목소리가 컸던 아빠도 한 표, 두 아들 중에 먼저 태어나서 사춘기도 먼저 겪느라 항상 우선권을 줬던 큰아들도 한 표, 이제까지 양보만 했던 둘째 아들도 나도 각각 공평하게 한 표씩을 갖고 내 손으로 주사위를 던져서 나온 결과이니 누구에게도 이의가 없었다.

공평하고 공정하다고 생각하면 마음에 불편함이 적다. 그런데 이제까지 둘째 아들에게 어떻게 했던가? 중학교 3학년 때 사춘기를 겪으며 훅 미국으로 유학을 떠나버린 큰아들에 대한 원망과 섭섭함을 엄마 아빠는 집에 있는 둘째 아들에게 몽땅 보상받으려고 했다. 안 그래도 성품이 여리고 착한 아들에게 '엄마 아빠 말을 잘 듣고 착하게 커야 한다'고 계속 강조하면서 "너는 형처럼 유학 간다고 하지 말고 우리 옆에 있자."라고 귀에 못 박힐 정도로 말했다.

엄마가 원하는 멋진 아들의 모습을 닮아가기 위해서 착하고 여린 아들은 참고 노력하고 또 참으며 최선을 다했다. 갖고 싶은 장난감도 친구한테 양보하고 먹고 싶은 것도 옆 사람에게 먼저 나눠주는 아이, 자기가 말하는 중간에 다른 사람이 말을 툭 자르며 끼어 들어오면 슬며시 입을 닫는 아이였다.

학교 선생님과 주위 어른들은 인사 잘하고 예의 바른 우리 아들을 모범생이라며 '요즘 이런 아이 없다'고 칭찬하기에 바빴고 나는 그런 칭찬이 듣기 좋았고 아들을 참 잘 키웠다고 착각했다

아들은 착하고 모범적이어야 한다는 생각에 고등학생이 될 때까지 자기 자신보다는 다른 사람의 의견과 입장을 우선으로 고려하고 행동하는 아이였다. 하고 싶지만 하지 못하고 남겨두었던 말들, 억울했던 순간들, 드러내고 뽐내고 싶었던 자랑들을 마음속에 차곡차곡 쟁여 놓는 줄 몰랐다. 일곱 살 여덟 살 아이한테 나는 스무 살이 훨씬 지난 대학생도 부담스러울 만한 이성적인 행동을 기대하며 요구했던 것이다.

누군가 이렇게 말했다.

"우울은 우리가 착한 사람으로 행동할 때 얻는 보상이다."

보상이라니, 우울의 근원은 착함에서 오는 것이란 말인가?

30년 이상을 마케팅부서에서 영업하다 보니 고객을 만나서 대화를 할 때 대부분은 '을'의 입장이었다. 나의 느낌을 정확하게 표현하기보다는 가능한 한 상대방인 '갑'이 들

기에 좋은 단어를 선택해서 말했고 대화의 분위기와 상황을 항상 의식하며 대화를 하곤 했다. 무척 피곤했다.

사회생활을 하면서 쌓이는 스트레스는 '나 자신의 느낌과 욕구에 귀를 기울이지 못해서 생긴다'는 것을 깨닫게 되었다. 욕구를 표현하지 못했을 때의 고통이 스트레스로 나오는 것이었는데 아들은 그동안 쌓인 스트레스를 제대로 풀 수가 없었다. 그것도 또한 엄마 아빠를 배려해야 했기 때문이었다.

메기매운탕을 만족스럽게 먹고 집으로 돌아오면서 옆에 앉은 둘째 아들의 얼굴을 보았다. 편안해 보였다. 얼마 전부터 의도적으로 우리 아들도 자신의 목소리를 내기 시작했다. 적극적으로 자기의 의견을 말하기 시작했다. 아들이 바라는 것은 엄마와 아빠 그리고 형이 무조건 자기가 원하는 대로 따르고 움직여주는 것이 아니라 자기의 의견을 존중해달라는 것이었는데 우리는 그것조차도 쉽게 지나쳐버렸던 것이다.

자기 의견을 말하기에 앞서 '형님은 뭘 하고 싶냐'고 형님의 생각을 먼저 알려고 하는 마음의 그릇이 넓은 아들이지만 이렇게 계속 양보만 하다가는 언젠가는 그 큰 그릇이 차가운 바람으로 가득 차서 시리고 외로워질 것이라는 걸 현명한 엄마라면 미리미리 생각하고 어루만져 주었어야 했는데 나는 많이 부족한 엄마였다.

"착하구나."

그저 이 한마디 얹어주면 교양 있는 엄마로서 할 일을 다 했다고 생각했던 나는 반성한다. 진정성 없는 속이 빈 인정과 칭찬이 아들을 더 힘들게 한다는 것을 그때는 몰랐다. 겉모습만 보고서 '이 아들은 부모 말을 잘 듣는다고, 쉽게 커 줘서 좋다'고 이야기할 때 아들의 마음이 까맣게 타들어 가는 줄 그때는 몰랐다. 자기 안에서 용트림 틀고 올라오는 꿈을 마음껏 펼치게 뒀어야 하는데 엄마의 넋두리로 막아버렸다.

괜찮아서 괜찮다고 말하고, 좋아서 좋다고 얘기한다고 내 멋대로 내가 편한 대로 결론을 내고 지낸 세월이 안타깝다. 아들의 마음에 뚫린 구멍을 채우기 위해서는 편하게 흘려보낸 시간의 몇 배가 필요하다는 것을 알았다. 양보도 한 번이면 고맙고 배려도 두 번이면 이쪽에서 사양해야 하는 것이 서로가 서로에게 상처를 주지 않는다는 것을 이제야 알게 되었다. 너무 가볍게 생각했다. 그렇게 가볍게 지나간 것들이 쌓이고 쌓여서 아들의 마음을 무겁게 누르도록 눈길을 주지 못한 엄마가 참 미안하다.※

볼링공과 볼링핀

Think about the other side.

상대방의 입장에서도 생각해본다면 실수를 덜하게 돼.

"볼링 어때? 볼링 배워 볼 생각 있니?"

"공을 던져서 정확하게 핀을 맞추면 핀들이 바닥에 쓰러지면서 나는 소리, 그거 아주 경쾌하잖아. 스트라이크라도 쳐봐, 스트레스 싹 달아날걸."

혼자서 할 수도 있고 재미도 있으면서 스트레스를 풀 수 있는 운동이 뭐가 있을까를 생각하다가 볼링을 하면 좋겠다는 생각이 들어서 아들한테 제안했다.

"나쁘지 않을 것 같아요."

대답을 듣자마자 '저 정도의 반응이라면 밀어붙여도 되

겠군'이라는 생각으로 부지런히 집 근처에 있는 볼링장을 검색했다. 남영동에 있는 볼링장에 레슨을 받을 수 있는지 물었더니 반응이 시원찮았다. 정식으로 볼링을 가르쳐주는 프로그램은 없지만 가르쳐줄 수도 있다는 애매한 대답이었다. 요즘과는 달리 2013년도에는 볼링이 별로 인기가 없는 편이어서 예전부터 있던 볼링장들만 그저 명맥을 유지하는 정도의 분위기였다.

볼링 동호회가 있을까? 여러 사람과 함께 볼링을 치면서 친하게 지내면 좋겠다는 생각으로 인터넷 검색을 하니 한남동에 한 군데가 있는데 가입조건이 대학생 이상이었다. 볼링을 치면서 맥주도 마시기 때문에 성인이어야 한다고 했다.

할 수 없이 애매한 대답을 했던 남영동 볼링장으로 아들과 함께 갔다. 일주일에 두 번씩 가서 레슨을 받기로 했다.

아들에게 볼링을 권하면서 나는 볼링 핀을 맞추면서 느끼는 그 명쾌하고 상쾌한 느낌만을 상상해보라며 얘기했다.

만약에 볼링공이 레인으로 굴러가지 않고 양옆의 도랑이라고 말하는 거터에 빠지는 경우 아들이 느낄 수도 있는 속상함과 좌절감에 대해서는 관심을 두지 않았다. 나는 어떤 하나의 상황을 이런저런 관점에서 세심하게 살펴보지 않고 내가 원하는 쪽으로만 생각하고 판단하는 아주 단순한 사람이었다.

볼링은 한 프레임에 두 번의 기회가 있다. 첫 번째 공을 던졌을 때 쓰러지지 않고 남겨진 공을 스페어라고 하는데 그 스페어를 두 번째 공으로 처리했을 때의 쾌감은 처음 부터 스트라이크를 쳤을 때의 짜릿함에 못지않다. 어쩌면 첫 번째 투구 결과에 살짝 실망한 후 정신을 집중하고 던 진 두 번째 공으로 이쪽저쪽으로 흩어져 남아 있는 핀들인 스플릿 상태의 스페어를 처리하고 돌아설 때 그 기분이 더 짜릿하다.

인생도 볼링 게임과 비슷한 면이 많다. 살다 보면 레인 을 벗어나 도랑에 빠지기도 하고 어떤 날은 구석에 있는 하나의 핀만 간신히 맞힐 경우도 있다. '나는 왜 이렇게 못 났을까'라는 생각도 들고 '제대로 하는 게 하나도 없다'는 마음에 기분이 축 처질 때도 있다. 그러다가도 남겨진 스 페어를 몽땅 처리하여 옆 사람과 하이 파이브를 하기도 하 고, 스트라이크를 두 번 세 번 연속적으로 쳐서 더블, 터키 를 하기도 한다.

나라고 못 하라는 법이 없다. 누가 알겠는가? 스트라이 크를 네 번 연속적으로 쳐서 햄본, 다섯 번 연속적으로 쳐 서 파이브 베거를 기록할지. 볼링은 계속 많이 쳐봐야 알 고 인생도 포기하지 않고 끝까지 살아 본 다음에야 결과를 알 수 있는 것이 아닌가.

볼링 핀이 서 있는 위치에 따라 번호를 붙이는데 가운데 5번 핀을 맞혀서 다른 핀들이 도미노처럼 연쇄적으로 쓰러지도록 공략하는 것이 스트라이크를 칠 수 있는 방법이다. 그래서 가장 중요한 5번 핀을 킹핀이라고 부른다. 인생에서 스트라이크를 치기 위해 우리가 공략할 킹핀은 무엇일까? 어디에 있는가?

볼링을 잘 치기 위해서는 볼링공의 그립 구멍에 손가락이 잘 맞아야 하고 체중에 맞는 적당한 무게의 공을 선택하는 것이 중요하기 때문에 신중하게 골라야 한다.

이렇게 아들에게 볼링을 시작할 때 볼링공을 강조하는 것처럼 나는 언제나 내가 공을 던지는 쪽의 입장으로 나 중심적인 세상만을 보았다. 그런데 어느 순간 볼링공이 아닌 볼링핀의 입장으로 볼링과 우리의 삶을 비교해서 바라보게 되었다.

10개의 핀들이 모인 하나의 그룹에서 중심이 되는 5번 킹핀이 볼링공의 공격을 받았을 때 그룹 전체가 모두 위험에 처하게 된다. 어느 날은 커다란 볼링공이 레인의 중간으로 빠르게 굴러올 때도 있고 어떤 날은 공이 레인에 올라타자마자 곧바로 도랑에 빠져 허우적대다가 그대로 끝나버리기도 한다.

또 다른 날은 레인의 중간을 타고 승승장구하는 듯 공이 핀 가까이 오다가는 커브를 틀고 도랑에 빠져 하나의 핀도 쓰러지지 않고 쉽게 살아남기도 한다. 그 반대로 도랑으로 빠질 듯 휘청거리며 오다가 끝부분에서 방향을 가운데로 틀고 제대로 굴러오는 공을 맞을 때도 있다. 공의 입장에서는 기사회생이요, 드라마틱한 역전의 승리를 거둔 것이지만 핀의 입장에서는 배신감 느끼는 패배에 가슴이 무척 쓰리지 않을까 하는 생각이 들었다. 볼링 경기도 볼링공과 볼링핀의 관점에 따라 다르게 보니 각각의 입장이 너무나 다를 수밖에 없었다.

If I were in your shoes,

'내가 당신이라면'을 표현하는 영어 관용구다. 영어 공부를 할 때 '내가 당신이라면'을 '내가 당신의 신발을 신고 있다면'이라고 '신발'이라는 단어를 사용하는 것이 무척 신기하게 느껴졌었다.

'내가 당신이라면' 대화를 할 때 입장을 바꿔 보면 어떨까? 나의 관점이 아니라 상대방 입장으로 관점을 전환해서 상황을 보고 생각을 하면 상대에 대한 이해의 폭이 넓어지고 사고의 깊이가 더 깊어진다. 쉽게 말하면 새로운 성찰을 더 많이 하게 된다.

볼링공의 입장과 볼링핀의 처지가 다른 것처럼 나와 상대방의 입장도 원천적으로 다를 수밖에 없고 같은 가족인 아들과 엄마라 해도 나이, 성별, 경험 등에 따른 다름은 어쩔 수 없는 사실이다.

내가 아무리 아들의 입장에서 생각을 하고, 그 처지를 이해하려고 노력하고, 취미로 볼링은 어떨까 제안하고, 맛있는 음식을 준비해주며 신경을 쓴다고 한들 얼마나 도움이 되고 위안이 될까? 어떻게 보면 이런 시도도 엄마인 내 마음이 좀 편해지려는 이기심에서 나온 것은 아닐까? 그저 엄마로서 바라기는 우리 아들이 가능한 한 빨리 자신만의 킹핀을 찾았으면 하고 기도할 뿐이다.*

I present my son with a letter of apology.

아들에게 반성문을 제출합니다

강점진단 결과

Leave everything to him.

그에게 모든 것을 맡겨두라고 했다.
단지, 그가 어떤 재능이 있는지를 알아봐 주고
그것을 발휘할 터만 마련해주면 그 이후는 그가 알아서 할 테니까.

아들은 코카콜라를 좋아하는 정도가 지나쳐 거의 코카콜라와 사랑에 빠져 있었다. 서너 살 아기 때부터 코카콜라로고가 찍힌 물건을 모으기 시작한 취미가 고등학생이 되어서까지 이어졌고 코카콜라와 관련된 캔, 컵, 병, 병따개, 시계, 스티커에 휴지통까지 많은 물건이 방 안에 가득했다. 페트병 콜라의 겉에 둘러 있는 띠에는 특이하고 재미있는 문구가 적혀 있는데 문구별로 그 띠를 다 모으기 위해 열심히 페트병 콜라를 사서 마셨다.

아들의 취미가 코카콜라로 확실하게 집중이 되니 한동안

은 어디를 가도 코카콜라 로고가 찍힌 새로운 제품을 보면 아들 생각이 나서 가능한 한 그것을 아들한테 갖다주었다. 결국 아들 방은 캔과 병 그리고 너무나 많은 코카콜라 기념품들로 가득 채워져서 어수선하고 복잡해서 정신이 사나울 정도였다.

그즈음 아들은 편두통으로 자주 힘들어했는데 주위가 깨끗하게 정리가 되어야 정신도 맑고 머리도 아프지 않을 것 같았다. 그러던 어느 날 아들이 집에 없는 시간을 이용해서 아들 방을 치우기 시작했다. 캔과 병을 상자에 넣고 페트병은 띠지만 떼어내 놓고 다 버렸다. 그리고 병따개, 벽에 붙이는 마그네틱 자석판, 수건, 시계, 휴지통 등 이제까지 신주단지처럼 모시고 있는 코카콜라 기념품을 각기 다른 상자에 넣은 후 베란다에 옮겨 놓았다.

외출 후 집에 온 아들은 깨끗하게 치워진 방을 보고 얼굴이 하얗게 변했다. 이래도 되는 거냐고, 본인의 의사는 물어보지도 않고 이제까지 공들여 모은 물건을 엄마 마음대로 없애버리고 한쪽으로 치워버려도 되는 거냐고 정색을 하며 물었다.

책상 위, 책꽂이 안에 있는 물건 하나하나를 볼 때마다 언제 어디서 샀는지, 어떻게 어렵게 구했는지가 기억나고 그 기억과 함께 생각나는 그때의 추억들이 얼마나 소중하고 값진 것인데 엄마가 함부로 자기의 과거를 지워버리고 없애버리느냐며 눈물을 흘렸다.

너무나 많은 물건으로 복잡하고 어수선한 방을 정리해 준 것이 아니라 나는 아들의 마음을 여기저기 할퀴며 찢어 놓았던 것이다. 내 눈에는 그저 어린 시절 취미로 모았던 하찮은 캔이고 병이고 병따개였지만 아들에게는 자기의 7살 때의 생일날이 기억되는 시간이었고, 친구와 물건을 맞바꾸었던 첫 거래의 추억이고, 그 기념품을 사기 위해서 용돈을 꼬박꼬박 모았던 인내와 기다림의 경험이었던 것이다.

최근에 미국 갤럽의 강점진단지로 아들의 강점을 알아보았다. 아들의 첫 번째 강점 테마는 '책임'이었고 두 번째가 '수집' 테마였다. 수집 테마가 강한 사람은 무엇인가를 더 알고 싶어 하는 열망을 갖고 있고 각종 정보, 자료 그리고 물건을 찾아서 보관하는 것에 기쁨을 느끼고 즐기는 욕구가 강한 사람이다.

이런 사람은 천성적으로 감정적이지 않고 지적이며 합리적인 사고를 자유롭게 교환하는 대화와 토론을 좋아하고 철학적인 문제에 관심이 많다. 그리고 나중에 사용할 수 있도록 기록하거나 기억해 둘만 한 아이디어, 지니고 보관

할 물건을 옆에 두고 있을 때 삶이 가치가 있다고 생각하는 경향이 강하다.

어떤 새로운 분야에 꽂히면 그와 관련된 역사와 배경 등 자세한 자료를 찾아 읽는 아들의 평소 모습이 강점 리포트에 그대로 나왔다. 과하다 싶을 정도로 배경지식을 많이 찾아보고 모으는 일에 흥미를 느끼고 시간 가는 줄 모르게 몰입하는 것이 그의 '수집'이라는 강점 테마의 영향인 줄도 모르고 나는 '웬만큼만 하고 좀 대충하라'고 잔소리를 하곤 했다.

강점진단 결과 리포트의 마지막 문단을 읽으며 잊고 있었던 '코카콜라 청소 사건'이 떠올랐다.

'이 사람은 정보와 자료를 모을 충분한 공간이 필요하다. 정신적인 공간을 위해서 생각을 비우고 마음을 비우는 명상을 정기적으로 하는 것도 도움이 되고 물리적으로도 넓은 공간이 있어야 평안한 느낌을 갖는다. 충분히 여유로운 시간과 공간을 많이 제공하면 할수록 더 의욕적이고 창의적이 된다.'

우리 아이가 어떤 성향이 강하고 어떤 상황에 시간이 가는 줄 모르게 몰입하는지, 어떤 일을 할 때 가슴이 벅차오르며 에너지가 솟구치는지를 알아볼 필요가 있다.

가능하다면 아이가 고등학교 다닐 때 갤럽 강점진단을

해서 어떤 재능이 있는지를 확인한 후 그 재능을 이해하고 지원하고 격려하면서 키우고 발전시키는 것이 바람직하다. 재능에 시간과 에너지를 투자하면 나의 강점이 되어 강력하고 확실한 자산으로 내 안에 쌓이게 된다.

자신이 나아갈 목적지 방향을 정하고 그곳까지 효과적으로 도달할 수 있는 최선의 방법은 확인된 강점이라는 든든한 자산을 활용해서 세세한 과정을 정하면 된다. 내가 많은 사람과 두루 친하게 지내는 사교성이 강한 스타일이라기보다 소수의 사람과 깊게 사귀는 것을 좋아하는 절친 스타일이라면 프로젝트를 선정할 때 큰 규모의 그룹보다는 소그룹에 들어가서 일을 할 때 훨씬 안정적이고 편안하다고 느끼게 된다. 진행 과정보다는 눈에 보이는 결과를 중요시하는 사람이라면 성과를 수치화해서 보여주는 마케팅 부서에서 능력을 발휘할 확률이 높다.

자기 자신을 객관적으로 알고 이해하고 합리적인 장치를 취한다면 시행착오도 줄일 수 있을 뿐 아니라 살아가면서 느끼는 긴장과 스트레스도 한결 덜 갖게 된다.

내가 만약에 아들의 성향과 강점을 빨리 알았더라면 아들의 코카콜라 아이템을 싹 치우고 정리를 할 것이 아니라 잘 정리할 수 있는 수납 방법을 생각하고 공간을 효율적으로 사용하도록 가구의 배치를 어떻게 할지를 먼저 고민했을 것이다.

아들의 방보다 두 배는 큰 안방을 아들에게 내줬더라면 아들은 엄마 아빠의 사랑을 두 배로 크게 느끼고 두 배 세 배의 창의적인 굿 아이디어를 생각하지 않았을까? 생각의 전환이 필요하다. 굳이 제일 큰 안방을 거기서 잠만 자는 엄마와 아빠가 차지할 필요는 없다. 그렇게 했다면 아들의 첫 번째 재능인 '책임' 테마에 맞는 자기의 시간과 공간에 책임질 줄 아는 청년의 모습을 더 빨리 보여줬을 텐데 말이다.*

낙서장

The self awareness is very important.

자기 자신을 인식한다는 것이 성장하고 발전하는 데 가장 중요한 포인트라고 했다.

교보문고를 다녀오는 날, 아들의 손에는 여러 권의 책뿐만 아니라 다양한 종류의 메모지와 노트도 들려 있었다. 책은 많이 읽으니 책을 사 오는 것은 좋다. 그런데 비싼 메모지와 노트까지 사 들고 오는 아들을 이해하기 어려웠다.

그렇게 사 온 메모지와 노트에 계속 뭔가를 끄적거리며 적는 것을 슬쩍 훔쳐보았다. 뭔가 중요한 것을 기록하기 위해서 값비싼 노트를 사 온 것이 아니었다. 그때그때 생각나는 단어, 문장 그리고 흘림으로 그린 그림도 있었다. 사람 얼굴도 건물도 때로는 알아보기 어려운 추상화 같은 형태의 그림도 그 비싼 노트에 그렸다.

낙서落書, 떨어질 낙 글씨 서.

"낙서를 꼭 이렇게 좋은 노트에 해야겠니? 그냥 연습장 같은 거 사서 쓰면 안 돼?"

"글을 쓰는 느낌이 달라요. 펜이 종이에 닿을 때 종이마다 잉크를 흡수하고 받아들이는 느낌이 얼마나 다르다고요. 한 글자 한 글자 쓸 때마다 기분이 좋아져요."

참 예민하다 싶었다. 낙서는 적는 내용이 중요한 것이지 적는 그 느낌이 뭐가 중요한가 싶었다.

인권 보호, 짜라투스는 이렇게 말했다, 소수와 다수, 진심을 말하다와 본심을 말하다, 학교, 선생님, 나, 학교폭력, 니체, 철학의 힘, 현기증, 평등, 정당성, 메멘토 모리…

적혀진 단어들을 보니 아들이 평소에 관심을 가지는 분야가 어느 쪽인지, 무슨 생각을 하고 있는지, 가치관이 어떤지를 알 수 있었고 무엇을 고민하는지를 추측할 수 있었고 추구하는 삶의 방향까지도 보였다.

써 놓은 시 구절에는 현재의 감정이 어떤지가 보여졌고 자기 자신을 읊듯이 지어 놓은 자작시에는 고민과 번민이 녹아 있었다.

이 얼마나 중요한 순간이고 성찰의 시간인가. 이러한 의미 있는 작업을 하는데, 돈 좀 들여 마음에 드는 메모지와 노트를 산 것이 뭐 그리 큰일이라고 나는 잔소리를 했나 하는 후회가 되었다.

잉크를 흡수하고 받아들여 주는 종이처럼 이 엄마는 아들의 이야기와 마음을 받아들였어야 했는데, 잉크를 잘 받아주는 종이를 만났을 때 기분이 좋다고 느끼는 것처럼 이야기하고 나면 기분이 좋다고 느낄 수 있는 엄마였어야 했는데 도대체 나는 어떤 엄마이기를 원했을까? 먹여주고 입혀주면 할 일 다 했다고 생각하는 데 머물러 있는가? 바른 엄마가 되려면 어떻게 해야 할까? 올바른 엄마의 모습은 어떤 걸까?

아들은 나에게 가장 중요한 고객이다. 나의 아들로 태어난 순간부터 나에게 무한한 기쁨과 행복을 준 VVIP이다. 직장에서 업무로 만나는 고객과는 결이 다른, 내가 진심으로 응대하고 관리해야 하는 최상의 고객이다.

고객과 대화할 때처럼 아들의 눈높이에 맞추어 부드러운 표정에 적당한 속도와 음성으로 말하고, 고객을 진심으로 바라보며 고객의 말에 고개를 살짝 끄덕이면서 공감과 인정의 말을 섞어가며 대화를 주고받듯이 아들과도 그렇게 해야 한다. 그러면 신뢰가 깊어지고 대화의 내용도 깊게 확장된다.

대화를 하기 위한 목적으로 만들어내는 인내심이나 이성

적인 표정이 아닌 애정과 사랑이 가득한 엄마한테서 저절로 느껴지는 은은하면서도 따뜻하고 편안한 공기를 느낄 때 아들은 비로소 마음을 열고 입을 열기 시작한다.

펜과 종이에 따라 글을 써 내려가는 만족도가 다르듯이 엄마의 자세에 따라 엄마와 얘기를 나누며 느끼는 만족도가 달라진다.

낙서에는 힘이 있다. 낙서는 긴장을 풀고 감정을 솔직하게 드러내어 내면의 목소리를 탐구하기 위한 멋진 말문 열기를 하는 작업이다. 엄마가 기꺼이 아들의 낙서장이 되는 것이 어떤가? 글자, 그림 따위를 장난으로 아무 데나 함부로 끄적거리는 낙서라도 좋다. 그 낙서를 통해서 아들의 내면의 소리를 들을 수만 있다면 그것 하나만으로라도 아들의 낙서장이 되어야 하는 이유는 충분하다.

아들아, 네가 좋아하는 낙서장에 네 생각을 한번 적어보렴.

너의 가슴을 뛰게 하는 가치 단어는 무엇이니?

네가 꼭 지키고자 하는 신념은 무엇이니?

그런 가치와 신념이 너에게 크게 다가오는 이유는 무엇일까? *

펜싱

Why can't you trust him?

불안한 얼굴로 아들이 펜싱을 하고 싶어 한다는 말을 꺼냈을 때
제시카는 빙그레 웃으며 물었다.
아들을 믿지 못하는 이유가 뭐니?

"칼을 갖고 사람을 찌르고 도망갔다 또 달려 나와서 찌르는 그런 게 뭐가 좋다고 펜싱을 하고 싶다는 거니? 난 칼로 사람 가슴을 찌르는 그런 거 싫어. 그게 무슨 스포츠라고."

"엄마, 펜싱은 보호장구를 갖추고 정해진 규칙에 따라 결투하는 거예요."

"그러니까 경기를 하지 왜 결투를 하냐고."

아들은 펜싱을 하겠다고 했다.

'칼로 상대방 가슴을 겨누고 달려가 찌르고 뒷걸음치고,

아니 그건 그나마 상대방을 찌를 때 얘기고 잘못하면 여기 저기 찔리고 멍들어 아픈데 그런 운동이 뭐가 좋다고 펜싱을 하겠다는 거야 도대체.'

선생님에게 물어봤다. '찌르기' '베기' 등의 동작으로 승패를 가르는 펜싱 같은 운동을 하면 사람이 공격적이고 폭력적으로 되지는 않을지를. 남을 찔렀을 때 느끼는 쾌감도 원하지 않았고 찔렸을 때의 좌절감이나 분노는 더더욱 피하고 싶은 장면이었다.

아파트 안에 있는 테니스장에서 점잖게 테니스를 치면 편하고 좋을 텐데 하필이면 대중적이지도 않은 펜싱을 하고 싶은 걸까? 칼을 들고 사람의 가슴을 조준하여 찌르는 그런 운동을 선택하는 이유가 뭘까? 거기에 깔린 심리가 뭔지 궁금했지만, 겁이 나서 물어보지 않았다. 우리 아들이 칼을 휘두르며 폭력적이고 공격적인 아이로 변할까 봐 무서웠다. 새털처럼 부드럽고 고운 아이인데 이런 아이가 자꾸 이상해질까 봐서 두려웠다.

사람들은 복싱이든 펜싱이든 뭐든지 본인이 선택한 운동을 하도록 격려해주라고 했다. 엄마가 할 일은 아이가 집 안에 웅크려있지 않고 바깥 공기를 쐬도록 나가게 하는 것이고 몸을 움직이고 땀을 흘려 운동을 하도록 격려하고 응원하는 것이 무엇보다 중요하다고 했다.

결국 아들은 펜싱을 시작했다. 마스크를 쓰고 한 시간 동안 쉬지 않고 스텝을 밟고 움직이다 보면 온몸이 땀 범벅이 되었다. 살을 빼는 목적으로는 제대로 선택한 운동이었지만 아이의 정서적 안정에 도움이 될지는 계속 의문이었다.

한참 지난 후 아들한테 펜싱이 하고 싶은 이유를 조심스럽게 물어봤다. 우리 아들은 기사도 정신을 바탕으로 검을 휘두르는 펜싱의 기품 있는 동작도 멋있고, 어릴 때 총 쏘고 칼싸움하면서 놀았던 행복했던 그 시절이 본능적으로 그리웠다고 했다.

'자라 보고 놀란 가슴 솥뚜껑 보고 놀란다'는 속담처럼 나는 아이가 선택하는 운동 종목 하나에도 너무나 민감하게 반응하며 지레 겁을 먹고 내 방식대로 해석하고 반대를 했다.

아들은 펜싱을 정말 좋아했다. '괴짜 검객'이라는 별칭을 갖고 있고, 펜싱은 몸으로 하는 체스라고 주장하는 올림픽 메달리스트 최병철 코치가 펜싱클럽을 시작할 때 제일 먼저 등록한 첫 번째 고객이 우리 아들이다.

아들은 플뢰레 종목으로 아마추어 선수들끼리 겨루는 경기에도 여러 번 출전했다. 요즘도 시간이 날 때마다 펜싱클럽에 들러서 함께 경기를 뛰었던 멤버들 그리고 코치와 시합을 하곤 한다. 펜싱복을 입은 아들의 모습이 정말 멋있다.

펜싱은 기사도 정신을 바탕으로 명예, 예의, 겸양 그리고 약자를 보호해야 한다는 정신을 강조하는 스포츠로써 우리나라 화랑도의 '세속오계'에 대응할 만하다.

한창 마음이 아프고 외로웠던 시절에 우리 아들은 검을 휘두르며 자신의 몸가짐이 흐트러지지 않도록 자세를 가다듬었고, 학교 밖 아이였기 때문에 더욱더 마음가짐을 바르게 하여 예의 바른 청년으로 자신을 가꾸고자 노력했다.

기사도 정신으로 자기 자신을 철저하게 단련하면서 점점 더 신사가 되어가는 아들을 지켜보는 요즘 나는 행복하다. 자존심의 존중, 관용, 봉사 그리고 여성에 대한 엄격한 예의를 지키는 젠틀맨으로 성장한 아들이 고맙다.

그때 그 시절 펜싱을 선택한 아들의 결정을 흔쾌하게 받아들이지 못하고 불안해한 나를 떠올려본다. 새로운 운동을 시작하려는 아들을 적극적으로 격려하기보다는 부정적인 눈으로 아들의 선택을 의심했던 그때의 나를 되돌아본다. 나는 왜 그렇게 행동했을까? 무엇이 나를 그렇게 불안하게 만들었을까?

불안은 어떤 욕구가 충족되지 않을 때 나타나는 감정이다. 무엇이 부족한가? 아들한테 무엇을 바라는가? 아들이 어떤 것을 채워주기를 원하는가? 입으로는 "내 옆에 있어만 줘도 고맙다."라고 말하면서 사실은 '아들이 어떻게 무엇을 더 해주기를' 바라고 있었단 말인가.

아들이 선택한 펜싱이란 운동을 나의 부족한 지식과 잘못된 편견으로 왜곡하고 아들이 펜싱을 하면서 느낄 희열과 만족감을 부정적인 시각으로 해석했다. 현실적인 것과 비현실적인 것을 구분하고 팩트와 왜곡된 생각을 깔끔하게 정리했어야 하는데 그러지 못했다. 아들을 전적으로 믿지 못했기 때문에 불안했고, 불안한 마음에 모든 것을 보는 눈이 부정적이었다.

아들을 신뢰하지 않은 것뿐 아니라 나 자신에 대해서도 확신이 없었다. 지금 그때의 나를 바라보면 초조함으로 발을 동동 구르며 다그치는 그저 보호자 역할만을 간신히 하고 있는 나이 든 여자의 모습이 보인다. 부드러운 미소를 지으며 아들을 믿고 격려하는 엄마, 따뜻하게 품을 내어주며 기다릴 줄 아는 여유로운 어른 엄마가 안 보인다.

"얼마나 힘드니. 억울하고 답답하지?"하며 힘들어하는 아들의 마음을 먼저 읽어주고 그 감정에 공감을 표현하는 것이 아이가 믿고 의지할 수 있는 바람직한 엄마의 모습일진대.

힘들었던 그 시절에 아들은 억울하다는 말을 많이 했다.

"하지 않았다면 기대한 결과가 없었기 때문에 서운하거나 억울함이 거의 없다. '억울하다'는 노력해 봤고 시도해 봤기 때문에 억울함이 있는 거다. 부모 자식 관계에서도 마찬가지다. 부모에게 잘하려고 착한 아들이 되려고 노력했었기에 부모로부터 받는 부족하다는 평가가 억울한 것이다.

그래, 억울했구나. 그래, 서운했구나. 많이 화가 났었구나. 그때 그 마음을 헤아려주지 못해서 미안해하면 되는 것을… 이렇게 감정을 나누면 함께 있다는 생각이 들어서 외롭지 않고 이겨낼 수 있었는데."

언제라도 네 옆에 있으니 마음 놓고 기대고 안기렴.

품을 내어주고 믿고 기다리면 된다는 것을 이제야 알게 되었다.

펜싱 경기를 마친 후 마스크를 벗은 아들의 모습을 보면 윤종신의 '오르막길'이라는 노래가 떠오른다. '가파른 길을 올라가고 있는 사람의 끈적이는 땀과 거친 숨소리'가 아들의 모습에서도 보였기에.

이제부터 웃음기 사라질 거야
가파른 이 길을 좀 봐
그래 오르기 전에 미소를 기억해두자

오랫동안 못 볼지 몰라

완만했던 우리가 지나온 길엔

달콤한 사랑의 향기

이제 끈적이는 땀 거칠게 내쉬는 숨이

우리 유일한 대화일지 몰라

한 걸음 이제 한 걸음일 뿐

아득한 저 끝은 보지 마

평온했던 길처럼 계속 나를 바라봐줘

그러면 견디겠어

사랑해 이 길 함께 가는 그대

굳이 고된 나를 택한 그대여

가끔 바람이 불 때만

저 먼 풍경을 바라봐

올라온 만큼 아름다운 우리 길

기억해 혹시 우리 손 놓쳐도

절대 당황하고 헤매지 마요

더 이상 오를 곳 없는

그곳은 넓지 않아서

우린 결국엔 만나 오른다면

한 걸음 이제 한 걸음일 뿐

아득한 저 끝은 보지 마

이 노래는 '아득한 저 끝은 보지 마'라고 끝나지만 스티븐 코비 박사는 '끝을 생각하며 시작하라'고 강조한다.

나는 아들에게 이렇게 말하고 싶다.

"아들아, 아득한 저 끝을 상상해봐."

왜냐하면, 그 끝에는 아주 환상적으로 밝고 멋진 아들의 미래가 펼쳐져 있을 테니까.

거친 숨을 몰아쉬며 고독한 자기와의 싸움에서 승리한 자만이 느낄 수 있는 시원한 파란색 바람이 불고 있다.

다시 시작이다.*

선 긋기부터

What did you learn from this?

나의 코치 제시카는 한동안 내 눈을 지긋이 바라보았다.
이 일로 무엇을 배웠니?

대학 때 호텔에서 아르바이트로 피아노 연주를 하는 친
구가 있었다. 친구들과 그 호텔로 몰려가 응원을 했다. 우
리에게 익숙한 가요를 분위기 있게 은은하게 연주하거나
잘 알려진 팝송을 어깨가 들썩거릴 만큼 신나게 건반을 두
드리는 그 친구가 대단하게 보였다. 티셔츠에 청바지를 입
고 우리와 학교에서 수다를 떨던 평범한 대학생이지만 화
려한 드레스를 입고 조명을 받으며 멜로디에 따라 멋진 몸
놀림까지 곁들이며 연주를 하는 모습은 아주 멋진 연예인
처럼 우리와는 다르게 보였다.

그 친구의 영향으로 대학 다닐 때 재즈 피아노를 배웠던 것이 피아노를 쳤던 마지막이었고 그 이후 거의 30년이 넘도록 피아노는 손도 대지 않았는데 다시 피아노가 치고 싶어졌다. 너무나 오랜만에 피아노를 친다고 생각하니 설렘과 긴장이 동시에 느껴졌다.

"클래식을 하시겠어요, 아니면 코드로 연주하시겠어요?"

"코드로 연주해도 되나요? 그럼 코드로 해볼게요."

피아노를 다시 배워볼까 해서 찾아간 학원에서 취미로 가요나 팝송을 연주하는 경우는 코드로 된 악보를 치는 것이 훨씬 재미있고 쉽다고 했다. 쉬운 곡부터 하루에 한 곡씩 치면 된다고 편하게 시작해보라고 안내를 하는 피아노 선생님의 권유가 반가웠다.

첫날은 생일 노래를 비롯한 동요를 연주했다. 피아노 건반에 양손을 올려놓고 호흡을 가다듬었다. 아무리 단조로운 음계에 쉬운 곡이라도 내가 연주를 한다는 사실이 뿌듯했고 기뻤다. 다음 시간부터 난이도가 조금씩 있는 곡으로 도전해 갔다. '엔드리스 러브Endless Love'나 '예스터데이Yesterday' 같은 익숙한 곡을 칠 때면 나도 모르게 노래를 흥얼거리게 되었고 여느 피아니스트처럼 허리를 굽혔다 폈다 자연스럽게 몸놀림까지 하게 되었다.

특히 매일 새로운 곡을 연주하다 보니 지겹지도 않고 집중하게 되어 시간이 흐르는 줄도 몰랐다. 어렸을 때 바이엘과 체르니를 칠 때는 재미가 없고 지겨워서 피아노 학원에 다니기가 싫었는데 이렇게 매일 한 곡씩을 마스터하다 보니 성취감 같은 것도 느껴졌다.

아들이 만날 수 있는 학교 친구는 거의 없었다. 한창 대학 입시를 준비해야 하는 친구들은 정규학교 수업에 야간 자율학습 그리고 학원까지 다니며 하루가 바쁘다 보니 당연했다.

"미술 학원에 다니는 것은 어떻겠니? 네가 그리고 싶은 그림을 하나씩 그려 나가면 재미있을 거야."

하나의 작품을 완성하면서 성취감도 느낄 수 있을 것이고 하루에 몇 시간 정도는 미술 학원에서 보낼 수 있지 않을까 하는 생각에 아들에게 미술을 적극적으로 제안했다.

미술 학원에 가면 그날 그릴 목표가 생기고 그 작품을 끝내기 위해 온전히 집중하여 작업하고, 자신이 완성한 결과물을 보면서 성취감과 기분 좋은 만족감을 느끼지 않을까 하고 큰 기대를 했다.

미술 학원에 다니는 목적이 작품의 질보다는 하나의 작품을 끝내면서 느끼게 되는 성취감이니, 아들이 학원에 갈 때마다 간단한 그림이라도 하루에 하나씩 꼭 끝내게 해달라고 미술 선생님에게 특별히 부탁했다.

그런데 첫날 수업을 마치고 온 아들의 스케치북에는 길게 쭉쭉 그은 선들만 가득했다. 그림 그리기의 가장 기본인 선을 긋는 연습만은 꼭 해야 한다며 하루 내내 선만 그리라고 했단다. '선생님 참 답답하네. 그렇게 부탁을 했는데…' 그날로 미술 학원은 끝이었다.

융통성이 없는 선생님 때문에 아들이 미술에 재미를 느끼지도 못하고 그만둔 것이 속상했다. 그림을 전공할 것도 아니고 아주아주 가볍게 시간 때우는 목적으로 하는 것이라고 설명했는데도 불구하고 기본기가 갖춰져야 한다고 선 긋기 연습부터 시킨 그 선생님의 융통성 없는 고집을 이해할 수가 없었다.

선생님에 대해 불만이 가득해서 씩씩대는 나한테 아들이 낮은 목소리로 말했다.

"엄마는 모든 것을 엄마 마음대로 생각하고 고집하시네요. 상대방의 신념이나 가치관을 이해하려는 생각도 안 하고 배려도 없는 분이세요."

아무리 우리 마음이 급하고 우리가 그림을 그리는 이유가 따로 있다고 해도 미술을 전공한 선생님 입장에서는 자기가 가르치는 학생이 기본적으로 지켜야 하는 규칙과도 같은 원칙 정도는 가르치고 싶었을 텐데, 우리의 필요에 따라 선생님이 생각하는 그 기본 원칙도 필요 없다며 거부한 엄마는 독선적이라고 몰아세웠다.

아들은 선 긋기를 시킨 선생님 때문에 미술 학원을 더 이상 다니지 않겠다고 한 것이 아니라 상대방의 의견이나 입장은 무시한 채 내 멋대로 내가 원하는 것을 주장하고 요구하는 엄마에게 화가 났다. 예의 없이 무례하게 일을 저지르고 다니는 엄마의 장단에 꼭두각시처럼 춤추며 살지 않겠다면서 미술 학원을 그만두겠다고 했다.

더 이상 미술 학원에 다니지 않겠다는 말에 순간 실망했지만 그런 결정을 당당하게 이야기하며 나를 실망시킬 수 있는 용기를 가진 아들이 믿음직스러웠다.

"앞으로 무엇을 하면서 하루를 보낼지는 제가 결정할 거예요. 미술을 하든, 음악을 하든, 어떤 공부를 하든지 그냥 놀더라도 엄마는 관여하지 않으셨으면 좋겠어요."

뭔가 묵직한 것으로 뒤통수를 맞은 기분이 들었다. 아들이 옳았다. 아들의 생각이 반듯했다. 남을 배려하고 그 사람의 의견과 입장을 존중하는 자세가 이미 몸에 배어있는 잘 자란 청년이었다. 엄마인 내가 문제였다.

선을 긋든지, 줄을 긋든지, 기초부터 다시 시작해야 할 사람은 바로 나였다.＊

하얀색 거짓말

Why?

왜 그럴까?
안타까운 눈길로 제시카는 물었다.

내 친구도 재미나 위안을 위해서 그저 제자리에서 탄로
나는 약간의 거짓말을 하는 재치와 위트를 가졌으면 바랄
뿐이다. 〈유안진/지란지교를 꿈꾸며〉

악의가 없는 약간의 거짓말, 화이트 라이white lie는 필요
하다고 생각했다. '화이트 라이를 적재적소에 잘 사용하는
사람이 융통성도 있고 그래서 인간관계도 잘 유지한다'고
나는 단순하게 믿고 사는 편이었다.

요리를 해준 사람의 성의를 봐서 입맛에 맞지 않더라도

'너무 맛있게 잘 먹었다'고 하고, 바쁘고 힘들게 겨우 시간을 내어 참석한 모임이지만 초대한 사람이 불편하지 않도록 '이 정도 시간을 내는 건 전혀 문제없다'고 여유 있는 모습을 보이는 사람이 좋았다. 이런 태도는 원만한 사회생활을 위해 꼭 필요한 덕목이라고 생각했다. 이런 사람을 보면 성격이 꽉 막히지 않고 시원시원하고 분위기 파악도 잘하는 사람이라는 생각이 들어 계속 만나고 싶어진다.

적당한 융통성이라고 생각하며 가끔 나는 화이트 라이를 한다. 보고 싶은 뮤지컬을 S석에서 보기 위해서는 티켓을 '선물 받았다'고 하면서 온 가족과 공연을 보러 가기도 하고, 아이들이 며칠 계속 인스턴트 음식을 먹고 싶어 할 때 남편이 제지할 듯 보이면 '내가 먹고 싶다'고 주문을 한다. 이렇게 조금씩 눈을 찡긋하며 사는 것이 뭐가 문제가 될까 하며 내 마음대로 그때그때 순발력을 발휘해가며 살았다.

그런데 아들은 선의의 하얀색 거짓말을 하는 나를 못마땅하게 생각했다. 정확하게 어떤 물건이었는지는 생각이 나지 않는다. 며칠 동안 계속 택배가 왔다. 그날은 아들이 주문한 물건이 연달아 3개나 배달되어왔다. 남편이 크게 잔소리를 하지 않았는데도 내가 먼저 나서서 말했다. "이거 로봇청소긴데 괜찮은 것 같아서 내가 사라고 했어. 생각보다 싸더라고." "진공 포장하는 거라네. 스웨터 부피를 줄여

주니까 옷장에 넣기 편하겠어."" 애들이 먹는 비타민은 우리가 먹는 거와는 달라. 좋은 것 같아서 주문하라고 했지." 등등 거실에서 남편한테 어떤 물건을 왜 샀는지를 얘기하는 중이었다. 나는 될 수 있는 한 모든 상황을 남편이 부담 없이 받아들일 수 있게 설명하려고 노력했다.

아들이 아니라 '내가 필요해서 샀다'는 것을 강조했다. 남편에게 이것저것을 설명하는 이야기가 들렸는지 방 안에 있던 아들이 거실로 나왔다.

"아빠, 그건 다 제가 우겨서 산 거예요. 엄마는 별로 사고 싶어 하지 않으셨는데 제가 필요해서 주문한 거예요."

남편과 나 그리고 아들 사이에 잠시 3초 정도 침묵이 흐른 뒤 아빠가 말했다.

"그래, 알았어."

나는 너무 무안했다. 나는 하지 않아도 될 괜한 짓을 한 것이었고 그 '짓' 때문에 아들은 불편했던 것이다.

그 당시 아들은 자기를 사랑한다고 말하는 엄마의 진심이 믿어지지 않는다고 여러 번 말했다.

"엄마가 하신 말씀에서 진정성이 느껴지지 않아요. 엄마가 솔직해지셨으면 좋겠어요."

엄마의 진심을 의심하는 것은 내가 발휘한 융통성의 부작용 때문이었을까? 속이 깊은 아들은 자기 때문에 엄마가 전전긍긍하고 마음이 불편해지는 것이 싫은 것이었다.

자기가 요구하는 것이 엄마한테 탐탁하지 않고 무리라는 생각이 들면 확실하게 No라고 거절하는 것을 원하는 아들이었는데, 나는 무엇이든지 Yes라고 허락하고 들어주는 것이 아들을 위하는 길이라고 착각한 것이다. 아들은 나의 퍼주기식 Yes와 무조건적인 끄덕임을 원하지 않았다.

나는 오해하고 있었다. 무언가를 해주는 것보다 중요한 것은 절대 하지 말아야 하는 것을 하지 않는 것이라는 단순한 진리를 잊고 있었다. 내가 힘들게 일하는 것은 자식을 위해서라고 생각했다. 자식들이 원하는 것은 다 할 수 있도록 지원해주고 필요한 것은 무엇이든지 채워주면 최고의 엄마라고 생각했다.

시간이 없다는 현실적인 핑계로 워킹맘이 아이들에게 쉽게 저지르는 실수는 돈으로 모든 것을 해결하려고 하는 것이다. 나도 그렇게 아이를 키웠다. 그리고 나서는 나는 최선을 다했다고 큰소리쳤다. 심지어는 그렇게 살고 있는 나 자신이 불쌍하고 억울한 마음이 들 때도 있었다. 잘 키우고 싶은 생각이 너무 강해지면 강해질수록 그 안에 나의 수고를 인정받고 보상받고 싶은 내 욕심이 생겨났기 때문이다.

내가 관심을 뒀어야 하는 것은, 아들은 나와 어떤 이야기를 나누고 싶어 하고 어떤 말을 듣고 싶어 하는지였는데 나는 이 부분을 놓쳐버렸다. 아들이 진정으로 나에게 원하는 것이 무엇인지 물어보지 않았다. 아들의 입장에서는 어떻게 느껴졌는지 생각하지 않았다.

'아이에게 무엇을 해줄까'보다는 '이 아이가 부모인 나에게 무엇을 원할까' 특히 '내게 어떤 말을 듣길 원할까'를 생각해야 한다는 기본 원칙을 잊지 말자.

> 내가 가슴을 드러낸다면 나와 공감한다고 말하는 사람들
> 그러나 난 거짓을 말하는 예쁜 얼굴은 원하지 않아요
> 내가 바라는 것은 오직 믿을 수 있는 사람이라오
> 누구나 진실하지 않기에 진실이란 말은 외로워요
> '진실함' 듣기 어려운 말이지만 내가 당신으로부터
> 얻고 싶어 하는 것이라오

빌리 조엘의 노래 어니스티Honesty를 듣고 있다 보니 이 노래가 아들이 나에게 전하는 메시지라고 느껴진다.*

혼자 밥 먹지 마라

Just think of your son. The eyes of others don't matter.

아들만 생각해. 다른 사람의 시선은 중요하지 않아.

'나 혼자 산다'는 유명인이 혼자 사는 일상을 관찰 카메라 형태로 담아 보여주는 다큐멘터리 형식의 예능 프로그램이다. 출연자 모두 화려한 싱글이고 혼자 사는 데 부족함이 없어 보인다. 나이 든 어른이 혼자 살면 독거노인이라고 부르는데 화려한 싱글과 독거노인하고는 어감이 극과 극으로 다르게 느껴진다.

혼자 살면서 직접 밥을 해서 먹기보다는 배달 음식이나 냉동식품을 간단하게 전자레인지에 데워서 먹는 출연진이 있는 반면에 이상민처럼 요리에 관심이 많고 재능이 있는 사람은 매번 다양한 요리를 시도하고 만족해하며 먹는 모습을 보여준다.

집에서 혼자 먹는 것은 이젠 너무나 일상이 되어 외로워 보이지도 쓸쓸해 보이지도 않는 세상이 됐다. '혼밥'을 하는 사람을 위해 1인석 자리를 따로 준비해 놓은 식당도 많아졌지만 나는 아직 식당에서 혼자 뭘 먹는 것이 머쓱하고 편안하지만은 않다.

"엄마, 오늘은 햄버거를 먹으러 왔어요."

"오늘은 뭐 먹을 거니?"

"순댓국이 먹고 싶은데 혼자 먹기 좀 그래요."

"오늘도 밖에서 혼자 먹을 거니?"

"오늘은 그냥 집에서 배달시켜 먹으려고요."

혼자 밥을 먹는 데는 여러 가지 이유가 있다. 자유롭고 편하니 혼자 먹는 사람도 있고 밥 먹을 때가 됐는데 혼자라서 혼자 먹는 사람도 있다. 그 당시 우리 아들은 혼자라서 혼자 먹을 수밖에 없었다.

모든 일이 한두 번 하다 보면 익숙해지는 법이라더니 이런 상황이 조금 지나면서 아들은 순댓국도 곱창볶음도 그날그날 먹고 싶은 것을 골라가며 식당에 가서 혼밥을 했다.

어느 날 핸드폰으로 카드 사용 문자가 들어왔는데 결제 금액이 삼만 오천 원이었다. 대부분 한 끼 식사 비용이 만원 미만이었는데 삼만 오천 원이라니, 누구 다른 사람하고 같이 먹었나 하는 생각에 아들에게 전화를 했다.

"스테이크가 먹고 싶어서 런치 코스를 먹었어요."

"혼자서?"

이 상황을 어떻게 받아들여야 하나. 아들이 혼자서 스테이크를 먹는 모습을 떠올려보았다.

에피타이저를 시작으로 디저트까지 혼자서 한 시간 넘게 먹고 있는, 학생처럼 보이는 우리 아들을 다른 사람들은 어떻게 봤을까 하는 생각이 들었다.

"일주일 동안 같은 사람과 점심을 먹으면 새로움을 배울 수 없다. 새로워지고 싶다면 다른 사람과 점심을 하며 이야기를 들어라."

작가이며 컨설턴트인 톰 피터스의 말이다.

직장생활을 하면서 낮에 동료들과 같이 점심을 먹지 않고 편의점에 가서 도시락을 먹는다든가 햄버거를 먹는 친구들을 보면 사회성이 결여된 것처럼 생각되어 그렇게 좋아 보이지 않았다.

동료들과 점심시간에 밥을 먹으며 얻을 수 있는 정보가 얼마나 많은데 그런 시간을 혼자 보내는 친구들을 볼 때면 안타깝게 생각했는데 혼자서 코스 요리를 먹고 있는 우리 아들을 다른 사람들은 어떻게 생각했을까.

인생을 살면서 우리가 배워야 할 것은 누구 한 사람한테서만 배워서 되는 것이 아니다. 다양한 사람들과 여러 채널을 통해서 보고 듣는 많은 정보와 경험이 큰 자산이 되는 것이다. 이 방향으로 생각이 꼬리에 꼬리를 물고 흘러가다가 문득 아들의 입장이 되어 보았다.

아들은 지금 의도적으로 혼자 식사한 것인가? 혼자서 갈 수밖에 없는 상황이었지 않는가.

아들이 오랜만에 스테이크를 먹고 싶은 것이 잘못된 생각인가?

혼자 먹는 아들의 외로움과 불편함을 헤아려야 하는가? 아니면 우리 아들을 이상하게 볼지도 모르는 다른 사람들의 시선에 신경을 써야 하는가?

과연 그 사람들이 아들을 이상하게 보았을까? 혹여 이상하게 보았던들 그것이 나에게 중요한 이유가 무엇인가?

내가 신경을 써야 하는 사람은 아들인가 아니면 그 사람들인가?

내가 다른 사람들의 시선과 평가에 관심을 갖는 이유는 무엇 때문인가?

다른 사람의 시선에 눈치를 보는 나의 이런 태도가 이제까지 아들한테 어떻게 영향을 주었을까?

나의 낮은 자존감의 근원은 어디서부터 온 것일까?

나는 앞으로 어떻게 변화하고 싶은가?

바람직한 모습으로 변하기 위해서 내가 해야 하는 것은 무엇인가?

변화된 나의 태도가 아들에게는 어떤 영향을 줄 거라고 예상을 하는가?

변화된 나의 모습을 아들은 어떻게 평가할 거라고 생각하는가?

나는 나에게 어떤 조언을 하고 싶은가?

셀프코칭을 하며 나 자신에게 끊임없이 질문을 던졌다.

"아들아, 스테이크 맛있었니?"

"먹고 싶었던 스테이크를 먹는데 좋기도 하고 슬픈 기분이었어요."

엄마는 네가 주위 사람들의 시선 속에서도 먹고 싶은 스테이크를 당당하게 먹는 모습이 멋지다고 생각하는데!

키이스 페라지의 ≪Never eat alone≫은 내가 좋아하는 책이다. 그런데 'Eat alone if you want'는 어떨까? ＊

열꽃 지도

Don't forget the cause.

그 원인을 잊지 마! 본질을 기억해.

우연히 샤워를 하고 나오는 아들의 등을 보았다. 등에 열꽃이 가득했다. 빨간색의 작은 열꽃이 등에 한가득 넓게 퍼져 세계지도를 그리고 있었다. '어떡하면 좋아'라는 마음 뒤에는 '어쩌면 다행'이라는 생각이 들었다.

이렇게 몸 밖으로 열이 뻗쳐서 나왔으니 망정이지 이런 화기가 몸 안에 그대로 있었더라면 몸 안의 어느 일부분이라도 상했을 것 같았다. 왜 이렇게 스트레스가 많은지, 무엇 때문에 스트레스를 받는지를 물어볼 수가 없었다. 이런 질문을 받는 자체가 더 큰 스트레스일 테니까.

"엄마, 제 머리 속 좀 보세요."

아들이 머리카락을 이리저리 가르며 두피를 보여줬다. 온통 붉은색 천지다. 머리 속까지 온통 열꽃이 펼쳐져 있었다. 모양이야 꽃잎처럼 보이지만 꽃이라는 예쁜 단어를 이런 상황에 붙이기도 어려웠다. 얼마나 열 받는 일이 많으면, 얼마나 참고 말하지 않고 속으로 삭이는 것이 많으면 이렇게 바깥으로 시뻘건 열꽃이 온몸에 가득 펼쳐질까 싶어서 마음이 쓰라렸다.

양약을 먹이기보다는 체질을 개선시키고 몸에 열을 낮추는 데는 한약이 효력이 있겠다 싶어서 동네 한의원에 데리고 갔다. 사상체질을 살펴보고 침을 맞아 혈을 뚫어 순환을 돕는 약을 지어왔다. 한약은 서서히 효과가 난다고 알고 있었지만, 밖으로 드러나는 증상에 변화가 없어서 답답하기만 했다.

아들은 갑자기 체중이 불어 허벅지와 무릎이 아프고 혈액순환이 안 돼서 자꾸 다리에 쥐가 난다고 했다. 몸이 뻐근하고 괴로우니 누군가 자기 등허리와 다리를 밟아주면 좋겠다고 해서 시간이 날 때마다 아들을 눕혀 놓고 허벅지를 두드려주고 다리와 발바닥을 지근지근 밟아주었다.

나 나름대로는 최선을 다하려고 노력을 했지만, 퇴근 후 피곤한 상태에서 아들을 그렇게 밟고 두드리고 하는 것이 너무 힘들고 힘에 벅찼다. 할 수 없이 동네에서 제일 저렴한 스포츠마사지를 하는 곳을 알아봤다. 컨디션이 너무 안좋을 때마다 한 번씩 스포츠마사지를 받게 했다.

아들은 한 시간 정도 두피 마사지와 어깨와 등 그리고 허벅지를 마사지 받으면 한결 기분이 상쾌해지는 느낌이라고 했다. 아파서 병원비로 쓰는 것보다는 스트레스로 몸살을 겪고 있는 아들의 컨디션을 조절하는 것이 낫다고 스스로 명분을 쌓으며 한동안 스포츠마사지에 돈을 써야 했다.

어느 날 문득 출근하면서 예전에 라디오에서 '라디오 동의보감'을 진행하던 신재용 한의사가 생각이 났다. 설명을 들을 때마다 '모든 병이 저렇게 한약으로 치료가 되면 얼마나 좋을까'하고 신기해하던 기억으로 신재용 한의사가 우리 아들의 열꽃이 터진 체질을 바꿀 수도 있겠다 싶었다. 인터넷을 찾아보니 그분은 남양주시에서 한의원을 하고 있는데 그 한의원에 가기 위해서는 매월 첫날에 그다음 달 진료받을 날을 예약해야 했다.

매달 첫날 아침부터 전화기를 붙잡고 계속 번호를 누르고 재다이얼 버튼을 눌렀다. 11시가 넘을 때까지 전화는 계속 통화 중이었고, 도통 전화가 연결되지 않았다. 몇 달간 전화로 시도했지만, 실패를 한 끝에 할 수 없이 예약하기 위해 직접 한의원으로 달려갔다.

휴가를 내서 아침 6시에 차를 몰고 남양주에 갔다. 6시 반에 도착하고 보니 나보다 먼저 도착한 사람이 일곱 분이 계셨고 예약을 시작하는 9시가 될 때까지 그저 멍하니 기다려야만 했다. 그렇게 한의원을 직접 찾아가 예약을 한 후 그다음 달에 진료를 보고 아들의 한약을 지어왔다. 약을 먹고 기분이 나아지는 것 같다는 아들의 반응에 다시 한번 더 약을 지어 먹였다.

온몸에 가득 찬 스트레스를 바깥으로 빼내기 위해서, 열꽃으로 빨갛게 부풀어 오른 몸의 열기를 식혀주기 위해서 엄마로서 나름대로 최선의 노력을 했다. 머리를 감을 수 없을 정도로 두피에 종기가 가득하고, 복숭아뼈가 정상보다 옆으로 틀어져 있어서 오랜 시간 산책도 할 수 없는 아들의 컨디션을 바로잡아 정상적인 체질로 변화시키기 위해 정말 치열하게 정보를 찾아보고 헤매고 고민하며 애를 썼다.

그러나 스트레스에서 오는 증상만 완화시키려고 애를 썼을 뿐 아들을 힘들게 하는 스트레스의 근원에 대한 이해와 해결방안에 대한 노력은 턱없이 부족했었다.

아들이 마음이 아프고 힘든 근원에는 부모에 대한 해결되지 않은 상처가 있어서다. 어른이 되도록 그 상처가 해결되지 않은 채 시간이 지나가게 해서는 안 된다. 부모는 가능한 한 빨리 자신들이 아이들을 교육하는 데 무지했었음을 인정하고 용서를 구해야 한다.

아이들이 부모에게 받은 잘못된 시선으로 자신과 세상을 바라보게 해서도 안 되고, 부모가 부정적인 잣대로 평가한 자신을 그대로 받아들여 자신의 재능을 펼치지도 못한 채 콤플렉스를 갖고 살아가게 해서는 더더욱 안 되기 때문이다. 부모는 단지 부모라는 이유 그것 하나로 아이들의 마음에 짐을 지울 수도 있고 반대로 창공을 차고 훨훨 날아갈 수 있는 날개를 달아 줄 수도 있는 존재다.

아들아, 네가 마음을 다치고 상처를 받은 것은 엄마와 아빠의 잘못이지 너에게는 아무런 잘못이 없단다. 이제부터는 성년이 된 네가 엄마 아빠의 거울이 되어다오. 너를 믿고 너를 통해 이 세상을 바라보고 살아갈게. 너의 내면에는 이미 충분히 그럴 만한 힘이 있는 것을 보았단다. 그 힘을 믿고 한 걸음 두 걸음 씩씩하게 앞으로 나아가렴. 네 뒤에는 너를 믿고 응원하는 엄마와 아빠가 있다는 것을 잊지 말기를 바란다.

아들의 등에는 세계지도를 닮은 열꽃의 흔적이 아직 희미하게 남아 있다. 세월이 지나면서 저 흔적이 조금씩 조금씩 더 사라지겠지. 바라건대, 우리 아들은 그때 그 시절

이 힘들고 우울했던 시간이 아니라 한 걸음 더 크게 내딛
기 위한 고민과 성찰의 시간이었다고 생각하기를 바란다.
이것 또한 나의 욕심이지만 말이다.*

페이드 아웃

We need time.

내가 불안해하는 것이 느껴진다고 했다.
시간이 필요하다고 했다.
시간이란 정말 묘약이다.

가장 편하게 아들과 시간을 보내는 방법은 쇼핑이었다. 퇴근 시간에 맞춰 아들을 명동으로 불러내어 H&M이나 ZARA 같은 매장을 둘러보다가 필요한 옷이나 가끔은 필요하지는 않지만, 빈손으로 집에 들어가기 섭섭해서 그냥 뭔가를 사기도 했다.

시내까지 나와서 여러 가게를 돌면서 발품을 팔았는데 아무것도 건진 것이 없으면 시간을 낭비했다고 심리적 허탈감을 느끼지 않을까 하는 나의 지나친 노파심에 아들은 필요 없다는데도 양말 한 켤레라도 사자고 부추겼다.

우리 아들은 나름대로 옷을 입는 원칙이 있다. 라운드 티보다는 칼라가 있는 셔츠를 즐겨 입는다. 여름에도 티셔츠는 한두 번 정도 입고 거의 긴 팔 와이셔츠를 입는다. 와이셔츠는 바지 안으로 넣고 벨트를 한다. 더울 때는 소매를 한두 번 말아 올리는 것으로 끝이다. 이런 차림이 아들에게 꽤 멋스럽게 잘 어울린다.

칼라의 모양과 옷감의 재질을 보고 셔츠를 고르는데 때로 내 눈에는 와이셔츠가 다 비슷하게 보여서 '뭘 또 사지?' 하는 생각이 들 때가 있다. 상황에 따라 필요하지 않은 물건을 사라고 부추기기도 하면서 사고 싶다는 셔츠는 '뭘 또 사느냐'고 '함부로 막 사지 말라'고 반대했다. 이런 일관성 없는 엄마의 태도가 아들을 힘들게 하고 혼란스럽게 한다고는 생각하지 못하고 경제권을 쥐고 있는 엄마라는 지위를 그때그때 내 멋대로 남용했다.

아들은 클래식한 스타일을 좋아한다. 아들이 좋아하는 브랜드는 영국의 바버Barbour 제품이었다. 워낙 옷을 깔끔하게 잘 관리하고 질리지 않고 오래 입는 스타일이라서 "재킷이나 점퍼 하나 정도는 네 마음에 드는 것을 사도 좋다."라고 했을 때 아들이 나를 안내한 곳이 삼청동에 있는 바버 매장이었다.

척 봐도 칙칙하게 왁싱이 되어 두꺼워 보였고 무거워 보였다. 입은 모습을 보니 어깨가 축 내려앉는 것 같았고 사람이 옷에 치이는 듯이 보였다. 이렇게 무거운 옷은 전혀 실용적으로 보이지 않았다. "왜 이렇게 칙칙해." "어휴, 무거워서 들지도 못하겠네." "옷은 가벼워야지 좋은 거야. 무거우면 입기가 부담스러워서 자주 입게 되지 않는다."라고 나는 계속 중얼거렸다.

"바버는 120년이 넘도록 온 세계에서 사랑받고 있는 옷이에요. 시도 때도 없이 변덕스럽게 변하는 영국의 날씨 속에서 일하는 사람들을 위해 만든 튼튼한 옷으로 유명해요."

"바버 재킷의 특징은 왁싱이에요. 비바람이 몰아치는 악천후 속에서도 잘 견디는 옷이라고요."

이렇게 설명하는 아들의 얼굴을 쳐다보며 나는 다른 생각을 하고 있었다.

'너도 지금 삶의 비바람을 맞고 있는 중이구나. 학교 밖 아이로 홀로 하루하루를 지내는 너의 외로움과 불안함을 지켜줄 왁스는 무엇일까? 학교에 다니지 않고 집에 있는 너를 쳐다보는 사람들의 의심의 눈초리와 한숨 섞인 걱정으로부터 너를 단단하게 보호해 줄 왁스가 있다면 엄마가 두 팔을 걷어붙이고 너의 몸 구석구석을 왁싱하고 싶다.'

떨떠름한 엄마의 반응에 아들은 서둘러 매장 밖으로 발걸음을 옮겼다. 기껏 아들이 좋아하는 스타일의 옷을 사자고 제안해놓고는 무겁고 칙칙해 보인다는 이유로 아들의 취향을 너무나 쉽게 평가절하해 버렸다.

은행잎이 쌓여 여기저기 뒹구는 가을날의 삼청동 거리를 아들과 나는 한동안 아무 말 없이 걷기만 했다. 영화나 텔레비전에서 화면이 처음에 밝았다가 점차 어두워지는 fade out되는 그런 느낌이었다.

'Fade in과 Fade out' 아들과 엄마 사이에서 엄마의 의견과 주장, 주도력과 영향력을 언제 어떻게 늘려가고 줄여나가야 하는 걸까? 적정한 타이밍을 잡아서 알맞은 속도로 자연스럽게 아들에게 fade in and fade out하려면 어떤 지혜가 필요할까?

'앞으로 네 인생은 네가 알아서 살아'라며 어느 날 갑자기 칼로 무를 자르듯이 훅 아이를 옆으로 밀어내는 것은 아이에게 자립심을 주는 것도 아니고 독립심을 키워주는 것도 아니다.

운전면허를 딸 수 있는 나이가 됐을 뿐인데, 아직 면허도 따지 않고 도로 연수도 받지 않은 아이에게 운전대를 맡기는 것과 같다. 심지어 부모가 조수석에 앉아서 지켜보는 것도 아니고 아이만 덩그러니 차 안에 놔두고 부모는 그냥 내려 버리는 것과 같다. 아이는 얼마나 황당할까? 부모에 대한 배신감까지 느껴질 것이다.

그렇다고 영화가 끝나고 모든 스태프의 이름까지 화면에서 다 올라가고 불이 켜졌는데도 불구하고 끝까지 자리를 지키고 앉아 있어서도 곤란하다. 일어나서 나가야 할 때는 훌훌 털고 자리에서 몸을 일으켜야 한다.

품을 때와 내보낼 때를 알고, 낄 때와 빠질 때를 아는 것이 지혜로운 것인데 그게 쉽지 않다. 어떻게 해야 할까? 그래 불안해하지 말고 기다리자. 우리에게는 시간이라는 묘약이 있다.

아들이 스스로 판단하고 결정을 내릴 때 무엇이 염려되는가.

부모가 개입하고 간섭할 때 아들의 기분은 어떨까.

현명한 부모라면 아이의 결정과 판단에 어떻게 반응하여야 할까.

"아들아, 네가 좋아하는 옷을 칙칙해 보이고 무겁다고 사지 말라고 해서 미안해. 아들의 취향과 선택을 존중하지 않아서 미안해."

아들에게 엄마가 좋아하는 로얄 와이셔츠의 광고 카피를 들려주고 싶다.

신사란 남의 잘못을 뒤에서 비방하지 않고

직접 본인에게 부드럽게 충고해주는 사람

신사란 돈 버는 지름길이 빤히 보여도

옳은 길이 아니면 가지 않는 사업가

신사란 자기와 반대되는 의견이라도

중간에 가로막지 않고 끝까지 들어주는 사람

'패션은 본능'이라고 그러더니 아들이 좋아하는 셔츠가 꼭 '올곧은' 아들의 성품을 닮았다.

젠틀맨! *

The road is bound to open.

틀림없이 길은 열리게 되어 있습니다

코기토

Successful career or family happiness?

무엇이 나에게 더 소중한지를 생각해보라고 했다.

"나는 생각한다, 고로 나는 존재한다."

철학자 데카르트의 기본적인 철학 원리다.

'생각'이란 무엇인가? 사전에서는 '사물을 헤아리고 판단하는 작용' '어떤 사람이나 일 따위에 대한 기억' '어떤 일을 하고 싶어 하거나 관심을 가짐 또는 그런 일'이라고 정의한다.

아들은 하루의 많은 시간을 생각하면서 보내는 것처럼 보였다. 자기 방에서 몇 시간이나 문을 닫고 조용하게 있었다. 밖에 있는 나는 궁금하기도 하고 한편으로는 걱정도

됐지만, 아이의 머릿속을 들여다볼 수도 없고 하루하루를 그저 답답하게 보냈다.

아들은 어릴 적에 본인 마음에 전혀 들지 않는 옷을 엄마 아빠가 일방적으로 골라서 입으라고 했던 일, 본인은 더운데도 불구하고 '추우니까 겉옷을 하나 더 걸치고 가라'고 하면 겉옷을 입고 나가서는 엘리베이터 안에서 급하게 벗어서 가방 속에 구겨 넣느라고 귀찮았던 일, '배 아프게 찬물을 뭐 그렇게 많이 마시니?' 하면서 물 마시는 것 하나까지 참견을 했던 일을 하나씩 하나씩 기억 속에서 끄집어냈다. 자기와 얘기를 하는 도중에 옆에서 형이 뭐라고 끼어들면 본인의 얘기는 아무렇지도 않게 뚝 자르고 형 얘기에 집중하는 엄마의 무신경한 태도 때문에 그동안 얼마나 마음이 아팠는지를 얘기했다.

과거에 엄마 아빠 그리고 형으로부터 부당하게 대접받은 일들과 그런 기억 때문에 본인이 얼마나 외롭고 속상했는지를 펼쳐내 보였다. 기억이 나는 일도 있었고 정말 그런 일이 있었는지 전혀 기억이 나지 않는 일도 있었다. 아니 대부분이 기억이 나지 않았다. 그만큼 나는 그때 무신경한 엄마였다.

나는 '모르겠다고 생각이 안 난다'고 했고, 엄마의 잘못된 태도를 시인하고 인정했어야 하는데 나의 '모르쇠'로 일관하는 태도에 아들은 한 번 더 실망했고 절망했다. 마음 아파하는 아들을 상대로 나는 변명하기에 급급했고 내 처지를 이해하지 못하는 아들이 야속했다. 그때의 나는 성숙하지 못했고 엄마의 자격이 없는 사람이 엄마의 권리를 앞세우고 엄마 노릇만 했던 것이다.

"너만 힘든 줄 아니? 엄마도 너희 먹여 살리느라 뼈 빠지게 일했어. 네 인생 네가 살아. 다 각자 알아서 사는 거야."

말문이 막힐 때마다 나는 이렇게 쉽게 내뱉었다.

생각을 조심해라, 말이 된다.
말을 조심해라, 행동이 된다.
행동을 조심해라, 성격이 된다.
성격을 조심해라, 운명이 된다.
우리의 운명은 생각대로 된다.

'철의 여인'으로 불리는 영국 수상이었던 마거릿 대처의 명언이다. 내 능력이 부족해서 주어진 시간 내에 빨리 끝내지 못하는 업무를 가족들 때문에 일에 집중할 수 없다고 변명하기에 바빴다. 승진하려고 경쟁적으로 일하면서 내 삶이 힘에 겹다고 느껴질 때 그리고 해가 갈수록 후배들에 비해 나의 능력이 부족한 것이 더 눈에 보이고 그저 그동안 쌓아온 경험만으로 그들을 설득시키기는 어렵다는 것을 내 스스로 알게 될 때도 이런 스트레스를 느끼면서까지 직장생활을 하는 것은 가족 때문이라고 생각했다.

나에게 진정 소중한 것이 무엇인데, 가족 때문에 희생하고 잃어버린 것이 아니라 가족 덕분에 여태까지 잘 왔고 이 순간 여기에 서 있을 수 있었던 것임을 안다. 나에게 가족보다 귀하고 소중한 것은 없고 가족의 행복이 나의 존재의 의미임은 두말할 것 없는 진실이다.

'누구 때문에'라는 희생자적인 생각 때문에 아직 솜털이 보송보송한 어린 아들한테 '네 인생 네가 알아서 살라고, 나도 모른다'는 그런 어른스럽지도 엄마답지도 못한 말을 내뱉었다.

내가 갖고 있던 피해자적인 생각이 그런 말을 하도록 했고 그 말을 함으로써 아들을 내 곁에서 밀쳐내게 되었다. 그리고 그런 행동이 나의 성격이 되어 사사건건 우리 아들을 아프게 했다.

Cogito, 나는 생각한다. 고로 나는 존재한다.

아들은 펜싱복에 자기 이름 대신 'Cogito'라고 적었다.

어리석은 이 엄마는 생각하고 판단하고 행동하는 것에다가 반성까지 더한 사판행성思判行省을 뒤늦게 마음에 깊이 새긴다.*

명품이란

How do you want to be remembered?

제시카의 이 질문을 받으면서 마음이 무거워졌다.
나는 어떻게 기억되기를 원하는가?

"좋은 것만 누리기에도 인생은 너무 짧다."

≪윤광준의 생활명품≫이란 책의 띠지에 있는 카피다.

아들이 사 온 책의 제목을 보자마자 '뭔 명품, 저런 책이 뭐가 좋다고 샀을까'라는 생각이 들었다.

명품! 명품의 사전적 의미는 '뛰어난 물건이나 작품'이다. 명품 브랜드는 오랜 역사와 전통이 있고 최고의 기술을 가진 장인의 손에 의해 탄생되어 질이 좋다. 드라마에 나온 대사처럼 '한 땀 한 땀' 그렇게 정성스럽게 만들어진 고급스런 제품은 사람들에게 신뢰와 만족을 준다. 그렇기 때문에 명품은 대체로 비싸고 그래서 나는 이제까지 명품과는 친해지지 않으려고 했다.

명품이라는 단어를 들으면 제일 먼저 샤넬, 뤼비통과 같은 핸드백, 로렉스, 피아제 시계 그리고 유명 패션 브랜드가 떠오른다. 모든 제품 중에서 최고 중의 최고, 가장 품질이 좋은 제품, 꼭 그런 것은 아니지만 같은 제품 중에서 가장 비싼 제품을 뜻하는 말로 인식된다.

한 땀 한 땀 정성껏 손으로 만들고 희귀성이 있는 것이라서 가격이 비싼 것은 이해한다. 그렇지만 나는 생활용품, 액세서리를 그렇게 높은 가격으로 사서 몸에 걸치고 들고 다니는 것을 그다지 좋아하지 않는다.

다행스럽게도 아들은 중저가 브랜드의 옷을 사고 합리적인 가격대의 운동화를 신는다. 그런데 어느 회사의 어떤 제품이 가장 유명하고 인기가 많은지를 품목별로 꿰고 있다. 그런 것에 관심이 있으니 인터넷 검색도 하고 광고도 유심히 본다. 그러더니 제품별로 명품들의 목록과 그 물건들의 탄생 배경을 상세하게 알려주는 ≪윤광준의 생활명품≫ 책까지 사 들고 온 것이다.

내 마음에야 안 들지만 '책을 통해 대리만족이나 하든가' 하는 생각에 그냥 그러려니 하고 넘어갔다.

어느 날 딱히 할 일도 없고 집에 있기는 너무 지루해서 아들과 백화점을 어슬렁거리며 윈도쇼핑을 하는 중이었다. 어떻게 하다 보니 명품관에 오게 되었고, 남성복 코너 앞에 멈추게 되었다. 적극적인 너무나 적극적인 세일즈맨이 안으로 들어와서 구경하라고 부추겼다. 아이쇼핑이지만 너무 바깥에서 보는 것도 그렇고 '구경하는 데 돈이 드는 것도 아닌데' 하는 생각에 인상 좋아 보이는 젊은 직원이 이끄는 대로 아들과 함께 매장 안으로 들어갔다.

아들이 마네킹에 입혀 놓은 재킷을 쳐다보자 그 직원이 얼른 아들에게 맞는 사이즈의 옷을 꺼내 와서는 한번 걸쳐 보라고 권했다. 아들은 잠시 머뭇거리더니 그 재킷을 받아 입었다. 그 옷은 아들에게 완벽한 사이즈였고 너무 잘 어울렸다. 거울 앞에 선 아들의 모습에 눈이 부셨다. 아들도 그 옷을 입은 자기 자신에게서 눈을 떼지 못했다. 그 옷이 무척 마음에 드는 눈치였다.

그 순간 그 인상 좋은 직원의 목소리 톤이 높아지기 시작했다.

"이건 완전 고객님한테 맞춤이네요. 제가 다른 분들께도 권해봤는데 고객님처럼 완벽하게 옷을 소화하시는 분은 처음입니다."

그야말로 폭풍 찬사가 몰아쳤다.

잠시 잠깐 그 옷을 입은 아들의 모습에 넋을 놓고 있던 나는 곧 정신을 차리면서 그 직원의 입을 다물게 하고 싶었다. 척 봐도 앳된 학생에게 이렇게 비싼 옷이 필요하단 말인가? 옷이 몸에 어울리는 것하고 나이를 포함한 전체적으로 풍기는 이미지에 맞는 것하고는 다르지 않는가 말이다.

지금 세일 중이고 백화점 카드 할인까지 하면 얼마라고 계속 설명하는 직원의 얼굴을 뒤로하고 빨리 그곳을 벗어나고 싶었다. 아들이 이 옷을 사달라고 하는 것도 아닌데 나는 얼른 벗으라고 아들을 재촉했다. 이 불편한 상황에서 얼른 탈피해야 한다는 생각뿐이었다.

매장을 나오고 난 후 한동안 아들과 나는 아무 말이 없었다.

"엄마, 아까 매장에서 왜 그렇게 서둘러 나오셨어요? 설마 제가 그 옷을 사달라고 그럴까 봐 걱정하셨어요? 저는 엄마가 좀 더 느긋하고 여유 있게 행동하시면 좋겠어요."

얼굴이 화끈거렸다. 내 마음을 전부 다 들켜 버린 것이 창피했고 아들을 믿지 못하고 급하게 우왕좌왕하며 체신 없게 행동한 나의 모습이 후회스러웠다.

아들아, 깨닫게 알려줘서 고맙다. 인생의 스승은 먼 곳에 있지 않았다. 그 순간 아들은 나의 스승이었다. 나의 이런 모습을 우리 아들이 닮지 않아서 다행이라는 생각이 들었다. 우리 아들이 존경하는 사람의 1순위로 부모를 꼽기는 바라지 않는다. 하지만 '닮고 싶지 않은 사람'을 생각할 때 떠올려지는 부모가 되어서는 안 된다고 생각을 했었는데, 부족한 것이 너무나 많은 엄마라는 생각에 마음이 무거웠다.

생각해보니 엄마 아빠처럼 살고 싶지 않다고 생각해도 나쁘지는 않을 것 같다. 그것은 부모가 하는 말과 행동이 자식으로서 좋고 싫고 나쁘고 괴로운 것을 알고 있다는 거니까. 그걸 아는 것부터 너는 엄마 아빠보다는 확실히 나은 사람이 될 수 있으니까 말이다.

좋은 부모가 되는 법은 어디서 가르치는가? 온화함은 어디서 배울 수 있고 엄격함은 어디서 배워오는 것인가? 부모가 부모답고 어른스러워야 하는 이유 중의 하나는 아이들은 본능적으로 부모를 닮고 배우려고 하고 또한 부모로부터 힘과 용기를 얻고 싶어 하기 때문이다.

믿을 수 있고 오랜 세월 동안 쓰면 쓸수록 빛을 발하고 질리지 않는 것, 개인의 소중한 추억이 담긴 것이 순수한 의미에서 명품이다. 이처럼 명품은 꼭 값비싼 것만을 의미하는 것이 아니라, 때로는 값으로 환산할 수 없을 만큼 그 자체만으로 무한한 가치를 가진 것이라고 할 수 있다. 우리 아들은 명품을 좋아한다기보다는 가치가 있는 제품을 좋아한다.

 아들아, 네가 살면서 꼭 지켜나가고 싶은 가치는 어떤
것들이니?
 그런 가치를 추구한다는 것은 너의 삶에 어떤 의미가 있
는 것일까?
 네가 원하는 가치를 실현하기 위해서 지금 당장 해야 할
것은 무엇이니?
 부모의 사랑이 충족되는 아이들은 튀게 행동할 필요를
덜 느낀다고 한다.
 나의 아들은 멋진 옷차림으로 튀려고 노력하기보다는 튈
필요가 없는 사람이 되기를 바란다. 이것 또한 부모인 나
의 책임이다.
 우리 아들은 말을 할 때와 참을 때를 알고, 행동할 때와
기다릴 때를 구분할 줄 아는 속이 깊은 청년이다. 사람을
소중하게 생각하며 어진 마음을 갖고 상대방의 입장에서
생각할 줄 알고 배려를 할 줄 아는 젊은이다.
 이 아이 자체가 명품인데 내가 걱정할 것이 무엇이겠는
가. 나만 잘하면 된다.*

심리진단 검사

How about you?

너는 어떤 엄마니?

인기 있는 TV 프로그램인 '놀면 뭐하니'에 성격진단 도구인 MBTI가 소개되었다. MBTI는 스위스의 정신분석학자인 칼 융의 심리학 이론을 참고해서 만든 검사로, 성격을 16가지 유형으로 나누어 분석한다.

이효리, 유재석, 비가 MBTI 진단 결과를 보면서 재미있게 적용하고 반응하며 웃고 즐기는 방송을 보았다. 성격검사 진단을 예능의 도구로 사용하면서 일반 사람들이 그런 진단검사에 대하여 좀 더 가깝게 느낄 수 있는 기회가 되겠다는 생각이 들었다.

예전에 나는 진단 도구를 그다지 믿으려고 하지 않았다. 코칭을 시작하면서 진단검사에 관한 공부를 하고 검사 결과를 올바르게 적용하는 방법을 알면서부터는 풍부한 양의 정보와 통계 그리고 객관적인 데이터에 근거한 진단검사는 사람에 따라 적절하게 사용하면 많은 효용성이 있다고 인정하게 되었다.

아들이 고등학교 1학년 때였다. 편두통이 심하고 학교생활에 스트레스를 많이 받고 있어서 청소년 심리상담 박사님을 소개받아 찾아갔다. 아들만 혼자 들어가서 상담을 하고 나는 대기실에서 기다리고 있었다. 잠시 뒤 박사님이 나를 들어오라고 하더니 아들과 함께 있는 자리에서 방금 아들이 진단한 검사의 결과를 설명해주었다.

첫마디부터 충격이었다.

"이런 학생은 학교생활에 적응 못 해요. 어떻게 친구를 만나고 공부를 합니까?"

"얼마 전까지 학교도 잘 다니고 아무 문제 없었는데요."

"그냥 버티다가 이제 손든 거 아닙니까?"

이렇게 단정적으로 얘기를 해도 되는 건가? 학부모에게 강한 자극을 줘서 기대하는 효과가 있는 줄은 모르겠으나 그때 내가 받은 충격은 너무 컸다.

진단 결과가 그렇게 나왔다고 해서 당사자와 엄마를 한

자리에 놓고 '학교생활에 적응 못 한다'고 단정 짓고 확정하여 통보하는 방법이 과연 옳은 걸까? 너무나 놀라웠다.

겉모습은 거의 똑같아 보이는 일란성 쌍둥이도, 한배에서 나온 형제도 성격이 각기 다르다. 세상에 있는 모든 사람이 안구 홍채와 지문만 다른 것이 아니라 성격이 다 다르고 그 다른 성격으로 좋아하는 것, 싫어하는 것이 다르고, 하고 싶다는 흥미와 하기 싫다고 느끼는 본능이 다른 것이다.

그런데 아무리 많은 통계 자료를 가지고 유형별로 분석하고 연구를 했다고 한들 한 사람을 완벽하게 보여주고 설명해주는 검사를 할 수는 없다. 그렇기 때문에 진단을 시행한 사람은 진단검사 결과를 해석하고 적용하는 방법을 검사받은 사람에게 설명할 때는 각별한 유의가 필요하다.

학문적이고 과학적인 연구에 근거한 검사 도구이지만 진단 결과를 어떻게 해석하고 검사자가 그것을 어떻게 받아들이느냐에 따라서 도구를 사용한 목적과 효과가 매우 달라지기 때문이다.

자존감을 진단하는 도구를 보면 어떻게 대답하면 자존감이 높게 나오고 어떤 답을 선택하면 자존감이 낮게 나오는지를 질문만 봐도 대충은 추측할 수 있다. 그러므로 결과가 검사를 받는 사람의 전체 모습이라고 확정 짓기보다는 실제 모습 중에 아주 적은 일부분일 수 있다는 가능성을 염두에 두어야 한다.

진단의 결과를 해석하기 전에 고객에 대한 정보를 가능한 한 많이 파악해야 한다. 요즘 특별히 스트레스를 받는 문제가 있는지, 최근에 주변 상황이 바뀐 것이 있는지, 본인 스스로의 선택으로 지금 이런 진단을 받는 것인지, 부모의 강제적인 요구에 따른 검사인지 등에 관한 것을 파악해서 검사를 받는 사람의 전반적인 틀을 이해하는 것이 필요하다.

그리고 가장 중요한 부분은 검사를 받은 사람이 진단의 검사 결과 리포트를 읽고 어떤 느낌과 생각이 드는지를 편안하게 이야기할 수 있는 분위기를 만들고 그것을 먼저 듣는 것이 중요하다. 가능하다면 이럴 때는 검사 받은 사람이 주변 사람 신경을 쓰지 않고 솔직하게 이야기하도록 보호자나 부모가 배석하지 않는 것이 좋다.

코치다운 코치는 마음이 무너져 있는 사람의 이야기를 들을 때 공감하고 인정하며 그 사람이 자기 자신을 돌아보고 깨달아 성찰하고 스스로 일어나는 것을 도와준다. 그런 과정에 함께 있으면서 응원하고 격려하며 고객이 원하는 방향으로 성장하고 발전하는 길에 동반자의 역할을 하는 것이다.

　그러나 내가 만나고 경험한 유명한 선생님 중에는 '자기 중심적이고 자기 생각이 옳다고 확신에 가득 찬' 판단자judger가 여러분 계셨다. 판단자는 '나는 이미 다 알고 있다'는 패러다임에 사로잡혀 있다. 생각해보고 말고 할 필요가 없이 그냥 자동적으로 판단한다. 에고ego가 작동하는 것이다. 자신의 틀에 맞춰 짐작하고, 판단하고, 옳고 그름을 구분하려 든다.

　엄마는 학습자Learner이어야 한다. 호기심이 먼저다. 자신의 판단은 뒤로하고 자녀의 관점을 알아보려고 해야 한다. 일단 그의 생각을 받아들인 다음 질문하면서 자녀의 새로운 가능성을 보려고 노력해야 한다.

　나는 코칭 공부를 시작하면서 그 덕분에 이전보다 좀 나은 코치다운 엄마로 계속 발전 중이다.

　나는 새로운 꿈을 갖게 되었다. 대한민국 엄마 모두가 코치형 엄마가 되도록 돕는 것이다. 코칭을 공부한 엄마가 아이를 행복하게 성장시킨다는 확신이 있다. 그런 확신에 따라 오늘도 엄마들을 만나서 코칭 대화를 나눈다. 코칭으로 엄마를 변화시킨다.＊

사회복무요원

Do you know when he get excited?

아들이 언제 무엇을 할 때 짜릿한 희열을 느끼는지 알고 있는가?

"태극기를 꽂느라고 바빴어요."

국경일과 기념일이 다가오는 며칠 전에는 주민센터마다 할당된 구역의 길가 가로등에 태극기를 꽂고 그 며칠 후에는 수거를 해야 한다.

"도로 중간에 스티로폼 박스가 떨어져 있어서 차량 통행에 방해가 되고 위험하다고 해서 담당 주임님하고 출동해서 치웠어요."

"그랬었니? 힘들었겠구나."

"오늘은 배추를 날라야 해요. 동네 독거 어르신을 위한 김장을 부녀회에서 하는데 트럭에서 지하 구내식당까지 날라야 한대요."

주민센터에서 사회복무를 시작한 아들로부터 그날그날 어떤 일을 했는지를 듣는 것이 한동안 꽤 흥미로웠다. 생각했던 것보다 주민센터의 일은 굉장히 광범위했고 그에 따라 거기서 근무하는 공익요원의 일거리는 무척 다채로웠다.

주민센터 내에 있는 도서실에 비치된 책들은 목록 카드를 만들어 정리하고 오랫동안 빌려 간 책을 반납하지 않고 있는 사람에게는 반납을 독촉하는 전화도 해야 한다. 주민을 위한 행사가 있을 때는 초등학교 미술 시간에 했던 것처럼 색종이로 글씨를 크게 만들어 도화지에 붙여서 벽에 장식하기도 했다.

행사를 알리는 커다란 현수막은 외부 전문업체에 맡겨서 제작하지만, 행사장 벽면을 아기자기하게 꾸미는 것은 주민센터에서 자체적으로 제작한다. 이렇게 사무실 내에서 하는 일도 있지만, 차를 타고 동네를 돌면서 하는 일도 있고 걸어 다니면서 점검하는 일도 많았다.

동네 구석구석을 돌면서 지정된 장소 이외에 재활용 쓰레기가 버려져 있으면 치우는 일도 하고 길거리에 동물의 사체가 있다고 신고가 들어오면 출동해서 수거하는 일도 했다.

선거가 있는 해는 선거 사무실에 산더미처럼 쌓인 여러 종류의 선거 홍보물을 주민센터로 가져다가 종류별로 한 장씩 모아서 세트를 만들어 봉투에 담고, 다음날 우체국에 가서 발송해야 한다.

아들이 담당한 주민센터 관할지역 내에는 언덕 위에 밀집된 주택이 많았다. 기초생활수급자에게 배부해야 하는 쌀을 그분들께 직접 가져다드리고 퇴근하는 날은 아들의 옷이 땀으로 푹 젖어 있었다.

"무슨 일이 그렇게 많니?"

주민센터에서 근무하는 사회복무요원이라고 해서 업무가 그다지 많지 않겠거니 하고 막연하게 생각했었는데 그게 아니었다. 아들은 매일매일 땀이 범벅이 되어 퇴근하는 날이 대부분이었다.

주민센터에서 1년이 지난 어느 날 아들로부터 전화가 왔다.

"다음 주부터 구청에서 근무할 거 같아요. 주민센터에서 열심히 근무했다고 구청에서 근무하도록 추천해주셨어요."

사회복무요원은 의무 복무기간이 24개월이고 그 기간 중에 근무지를 바꿀 수 있는 순환근무제도가 있다. 보통은 한군데에서 2년의 복무기간을 채우는데 아들은 내심 주민센터보다는 조직이 큰 상급기관에서 근무해보고 싶어 했고 동장님이 적극적으로 추천을 해줘서 근무지를 바꿀 수 있었다. '오, 아들이 열심히 했나 보군.'

2년 전에 우리 동네 주민센터에 새로 발령을 받아 오신 동장님이 구청에서 아들이 팀장님으로 모셨던 분이었다. 그 동장님과 인사를 할 기회가 있어서 예전에 구청에서 공익근무를 했던 아들 이야기를 하며 "누구의 엄마입니다."라고 말했더니 "아, 그 친구!"라며 반색하시면서 아들에 대해 많은 칭찬을 해주셨다.

나는 몰랐었다. 아들이 본인이 담당하는 이외의 모든 일을 그렇게 적극적으로 했었는지를.

아들은 그 부서에서 제일 먼저 출근하는 사람이었고 가장 깔끔하게 와이셔츠를 갖춰 입고 항상 밝은 미소를 띠고 근무를 했다고 했다. 허리를 반듯하게 펴고 당당하게 걷다가 복도에서 마주치는 모든 직원에게 허리 굽혀 인사를 하는 아주 예의 바른 청년으로 기억에 남는 사회복무요원이었다고 말씀하셨다.

엄마인 나에게는 보이지 않았던 아들의 재치와 위트가 넘치는 밝은 성격을 그분은 알아보았고 처음 받은 새로운 업무에도 주저하지 않고 도전하는 적극적인 태도를 가졌다는 것도 그분이 엄마인 나에게 알려주었다.

코칭을 공부하면서 조하리의 창Johari's window 이론을 배웠다.

나와 다른 사람과의 관계 속에서 내가 어떤 모습이 있는지를 4가지로 나눠서 분류한다.

나도 알고 다른 사람도 아는 '열린 창'

나는 알지만 다른 사람은 모르는 '숨겨진 창'

나는 모르지만 다른 사람은 아는 '보이지 않는 창'

나도 모르고 다른 사람도 모르는 '미지의 창'이 있다.

이 네 가지의 창을 잘 이해하고 활용하면 나와 다른 사람과 좋은 관계를 맺는 데 도움을 받을 수 있다.

아들의 많은 장점이 나에게는 보이지 않았지만, 그분에게는 '열린 창' 안에 있었다. 아들은 본인이 이런 장점이 많다는 것을 알고 있겠지? 설마 남들에게는 보이는 이 많은 장점을 '보이지 않는 창'에 가둬놓고 본인은 재치와 유머 그리고 열정이 없는 사람이라고 눈을 감고 있는 것은 아니겠지.

이 4가지 영역의 넓이는 살면서 계속 변화한다. 만약, 내가 상대방에게 마음을 열고 나의 마음속 깊은 이야기들을 하기 시작하면 내 마음의 숨겨진 영역은 줄어드는 동시에 열린 공간은 늘어간다. 그만큼 상대방과 내가 공유하는 부분이 많아지고, 그 사람과는 친밀한 관계에 이른다. '숨겨진 창'에 있는 아들의 모습을 알아차리고 인정하며 지지를 하고 '미지의 창'에 있는 잠재력을 끌어내는 엄마이고 싶다. 아들을 더 정확히 알고 싶다. 알고 싶다고 느끼는 것은 관심이 있고 가까워지고 싶어서 손을 내미는 것이다.

그렇다. 내가 마음을 열면 열수록, 가슴을 활짝 펼치면 펼칠수록 아들과 나와의 불신의 공간은 줄어들고 소통의 공간은 늘어난다. 아들과 연결된 모든 창을 열고 신선한 공기를 마신다. 그리고 안도의 숨을 내쉰다. 아들과의 관계가 좋으면 좋을수록 살맛이 난다.＊

원어민 영어

What is the ideal situation?

어떻게 하는 것이 바람직했을까?
이미 지난 일을 되짚어 생각해보는 이유는
같은 실수를 다시 반복하지 않기 위해서다.
최소한 횟수라도 줄여보기 위한 몸부림이다.

한미연합사에서 근무하는 군인 가족들이 한국에 잘 적응하는 것을 돕는다는 취지로 부대와 가까운 지역에 있는 한국 가정과 일대일 자매결연 행사를 한 적이 있었다. 아주 오래전으로 아들이 초등학교 저학년 때였다.

지인의 소개로 그 행사에 참여하여 맥도날드라는 성을 가진 가족과 매칭되어 용산 한미사령부로 초대되었고, 자매 결연식 행사에서 그 가족을 직접 만났다. 인상이 아주 좋아 보이는 아빠 맥도날드와 엄마 수잔 그리고 9살과 6살의 두 아들이었다. 기억이 가물거리는데 아마 윌리엄과 리차드였던 것 같다.

공식적인 행사가 끝나고 서로 전화번호와 연락처를 교환하는데 맥도날드 씨가 큰아들 윌리엄의 농구 경기가 한 시간 후에 시작되는데 시간이 괜찮으면 같이 가서 응원하는 것이 어떠냐며 우리를 초대하였다. 그래서 우리는 그 경기가 끝날 때까지 다섯 시간 동안 함께 어울려 얘기하며 웃고 떠들었다.

내가 한미연합사령부에서 주최하는 자매결연 행사에 적극적으로 참여한 목적은 아들이 또래 외국 친구들과 얘기 나누며 영어도 배우고 그들의 문화도 경험하길 원했기 때문이다. 그런데 그 다섯 시간 동안 열심히 말을 한 것은 우리 아들이 아니라 나였다. 아들이 영어가 좀 서툴고 내가 영어 대화가 가능하고의 문제가 아니었다. 조금이라도 아들이 대답을 늦게 하거나 질문을 못 알아들은 것 같으면 그 짧은 순간을 못 참고 아들 대신 내가 대답을 해버렸다. 시간을 지체하는 것이 큰 폐를 끼치는 거라도 되는 양 서둘렀고 약간의 침묵이 어색하고 답답해서 나 혼자 북 치고 장구 치고 앞에 나섰다.

"뭐라고 그러는 거예요? 오늘 농구 보고 나서 또 따로 놀 수 있나요?"

옆에서 아들이 궁금한 것들을 묻는데 그에 대한 대답보

다도 그저 맥도날드 씨 가족에 맞춰서 대답하고 웃고 박수 치고 하느라고 바빴다.

농구 경기가 끝나고 아이들은 더 놀고 싶어 했지만 오랜 시간 동안 잘하지도 못하는 영어로 떠드느라 나는 완전 탈진 상태가 되었기에 다른 선약을 핑계로 서둘러 헤어졌다.

부모는 아이들이 스스럼없이 자신 있게 자기 의사를 표현할 수 있게 분위기를 만들어주고, 그걸 가치 있게 대접해줘야 한다. 대답할 때까지 기다려 줄 줄도 알아야 하고 집에서든 학교에서든 어디에서든지 자기감정을 얘기로 표현하는 것을 장려해야 한다.

심리학자 스턴버그는 인간의 지능은 분석지능, 창조지능 그리고 실용지능의 세가지 측면으로 구성되어 있다고 한다. 그중에서 실용지능은 '뭔가를 누구에게 말해야 할지, 언제 말해야 할지, 어떻게 말해야 최대의 효과를 거둘 수 있는지를 아는 능력'이라고 했다.

맥도날드 가족과 만남에서 나의 바른 자세와 올바른 행동은 어떤 것이었을까? 아들이 주로 말하게 하고 그것을 통역하면서 엄마인 나는 아들의 뒤를 받치는 역할을 해야 했었다. 아들이 주인공이 되어 윌리엄과 리차드와 얘기를 나누도록 나는 그저 옆에서 응원하며 필요할 때 간간이 등장하는 구원투수의 역할을 하는 것만으로도 충분했다. 엄마인 내가 말해야 할 때와 아들이 말해야 할 때를 구분하지 못한 그때의 나는 실용지능 지수가 빵점이었다.

아들은 대학에 입학하고서도 계속 자신의 영어 실력에 자신이 없다고 했다.

"엄마, 저는 영어를 너무 못해요."

"너, 영어 잘하는 편이야. 그리고 네 나이가 몇인데, 영어는 지금 알파벳부터 시작해도 늦은 게 아니라니까."

미국으로 유학을 가기 위해서 아들은 토플 공부를 열심히 했다. 인터넷 강의와 학원을 병행하면서 일정 수준 이상으로 토플 점수를 올리기 위해서 노력했다. 그런데 막상 미국에 가서 외국 사람들과 대화를 하기 위해서는 회화 능력을 더 길러야 한다며 원어민과 영어회화를 하고 싶다고 했다. 그런데 비용이 문제였다. 개인 수업이라 수업료가 만만치 않아서 부담스러웠지만 하면 좋겠다는 생각에 동의했다. 아들이 직접 인터넷을 찾아서 만난 선생님이 '슬기쌤'이었고 아들의 설명으로는 그분은 Korean American으로 거의 원어민과 똑같다고 했다.

일주일에 두 번씩 스타벅스에서 만나서 한 시간에서 두 시간 동안 이야기를 나누고 돌아왔다. 주제는 그때마다 흥미로운 이슈를 중심으로 정해서 이야기를 했는데 아들은 정말 슬기쌤과 영어로 이야기하는 것을 즐겼고 최선을 다했다. 그 시간을 값어치 있게 소중하게 생각하며 공부했고 슬기쌤과의 시간 약속을 한 번도 변경하거나 취소한 적이 없었다.

어느 날 슬기쌤과 횡단보도에서 헤어지고 돌아서는 아들에게 점잖은 할아버지가 말을 건넸다고 한다.

"학생, 영어 참 잘하네. 아까부터 본의 아니게 뒤따라 걸으면서 학생이 영어로 말하는 것을 들었는데 발음도 좋고 영어를 참 잘하는구먼."

노력에 대한 칭찬, 어제보다 나아진 것에 대한 칭찬, 작은 개선에 대한 칭찬은 자신감을 심어준다.

인정과 칭찬의 효과가 나타나기 시작했다. 아들의 자신감은 그때부터 올라가기 시작했다. 그 할아버지로부터 받은 칭찬과 인정이 아들을 춤추게 했다. 타인에게 인정받으려는 욕구는 모든 사람에게 본래적인 것이다. 인정 욕구는 건강한 것이다. 그 욕구를 이해하고 충족시켜줄 때 사람들은 더 나은 자신을 만들어갈 동기를 가진다.

아들이 슬기쌤하고 열심히 공부하고 최선을 다한 이유는 또 있었다. 영어 수업의 처음부터 끝까지 본인 스스로 알아서 선택했기 때문이다.

자기 결정성 이론을 뒷받침하는 논리 중에는 자율성, 유능성, 관계성이 있다. 자율성은 다른 사람에 의해 통제받지 않고 자기 스스로 결정할 수 있는 능력을 말한다.

유능성은 나 스스로 유능한 존재임을 느끼고 싶어 하는 욕구이고, 관계성은 타인과 관계를 맺음으로써 느낄 수 있는 안정감을 추구하는 욕구이다.

영어회화에 대한 필요를 느낀 것부터 해결방안까지 모두 아들로부터 나왔다. 자율적인 사람은 원하는 것을 위해 어떤 힘든 일도 할 수 있도록 스스로 동기를 부여하는 성장 지향적인 사람이다. 아들은 자율적인 청년이었고 그러므로 실행 성과도 그렇게 긍정적으로 나온 것이다.

이제부터 아들이 무엇을 할지 목표를 세우고 그것을 어떻게 달성해 나갈지 스스로 계획을 세워서 하니 얼마나 고맙고 바람직한가? 나는 너무 몰랐다. 아들이 원하는 것도 몰랐고 어떻게 하는 것이 아들을 성장시키고 발전시키는 것인 줄도 확실하게 알지를 못했다.

큰 그림을 그리지 않고 즉흥적으로 이것도 해보고 불안하니까 저것도 끌어오고 뒤죽박죽 엉망이었다. 그러면서도 아들에게 맡기지도 않았었다. 내가 주도권을 갖고 많은 것을 내 멋대로 만들어 아들 코밑에 들이밀어야 아들을 사랑하는 엄마라는 착각에 빠져 있었다.

아들의 당당한 요구에 처음에는 당황스러웠지만 나는

믿었다. 이런 당당함이 많으면 많을수록 자존감이 높아진다. 자존감이 높은 사람일수록 마음속으로 간절히 원하는 것은 무엇이고, 하고 싶지 않은 일은 무엇인지 분명히 말할 수 있다. 그리고 본인이 옳다고 믿는 일은 끝까지 최선을 다하고 그 결과를 솔직하게 받아들인다. 다른 사람의 기준이 아닌 스스로가 가장 중요하게 생각하는 가치를 인식하고 그 가치에 맞추어 살아가는 사람이야말로 자기가 하는 일에 몰입하게 되고 자기의 인생에 주인공이 되는 것이다.＊

마음 차림 레시피

Just enjoy!

이 순간엔 생각 따위 집어치워! 그냥 즐겨!

"머랭^{meringue}이 뭐야?"

"달걀흰자에 설탕과 아몬드, 코코넛, 바닐라 등의 향료를 약간 넣어 거품을 낸 뒤에 낮은 온도의 오븐에서 구워 바삭거리도록 만든 거예요."

아들은 열심히 베이킹을 했다. 퇴근 후 현관문을 열면 제과점을 지날 때 느껴지는 향긋한 빵 냄새가 난다. 달걀 한 판을 사다 놓으면 며칠 만에 동이 나버렸다. 어느 날은 달콤한 쿠키가, 또 다른 날에는 티라미슈가 나를 기다렸다.

생일 케이크도 아들이 만들었다. 압력솥으로 빵을 구워

서 옆으로 슬라이스를 해서 자르고 그 사이사이에 생크림을 바르고 과일로 토핑을 하고 몇 단 케이크를 멋지게 뚝딱 만들었다. 베이킹 역시 독학으로 실력을 쌓아갔다.

머랭! 그리고 나에게는 매우 생소한 달걀흰자만을 가지고 머랭이라는 것을 만들어 냈다. 새털같이 가볍고 새로운 식감의 디저트였다. 아들이 머랭을 만드는 날에 내가 할 일은 머랭을 만드느라 가득 남겨진 달걀노른자를 이용한 요리를 해야 했다. 지단이나 전을 구워서 먹는데 달걀의 노른자만으로 할 만한 요리가 생각보다 별로 없었다.

아들은 요리도 잘했다. 아마추어를 넘어 웬만한 프로 셰프와 견주어도 될 만했다. 그런데 그 실력에 걸맞은 요리를 하기 위해서는 신선한 재료, 다양한 소스 그리고 새로운 조리 기구가 필요했다.

결과물이 잘 만들어지면 만들어질수록 매일매일 새로운 요리가 탄생되었다. 아들이 요리할 때 나는 유일한 참관인이었고 그 요리를 맛보는 단 한 사람의 시식인이며 맛 평가단이었다. 싱크대 앞은 설거지 거리가 넘쳐나고 냉장고에는 사용하고 남은 재료들이 쌓여가는 날이 한동안 계속되었다.

새벽마다 현관 앞에는 커다란 스티로폼 박스가 놓여 있었다. 어느 날은 질 좋은 연어 한 토막, 마블링이 아름다운 스테이크 한 조각 그리고 돼지고기로는 이베리코 품종이 배달되어왔다. 아들이 요리하고 내가 먹어야 하는 신선한 재료가 시간에 맞춰 문 앞에 대령하고 있었고 수요미식회에서 소개된 무화과 바게트, '겉바속촉'한 페이스추리 같은 빵 종류도 메인요리에 짝을 맞춰 예외 없이 배달되어왔다.

요리계의 신문물에 눈을 뜨듯이 처음 듣고 보는 신기한 소스가 집에 쌓여갔다. 소금의 종류가 그렇게 많은지 처음 알았다. 편두통에도 좋다는 히말라야 핑크 소금과 지중해 연안의 싸이프러스에서 채취한 소금으로 만든 포크 솔트가 배달되어왔다. 고춧가루와 뭔가 다른 파프리카 가루가 필요했고, 파슬리만 있던 집에 로즈마리 잎도 추가되었다. 올리브 오일의 종류는 얼마나 많은지 엑스트라 버진 올리브 오일은 기본이요, 바질향이 첨가된 올리브 오일에 칙칙 뿌리는 스프레이 오일병까지 너무나 다양했다.

송로버섯으로 만든 트러플 오일과 트러플 소금에 입맛이 길들여진 나는 한동안 아들이 만들어주는 알리오 올리오 스파게티에 트러플 오일을 듬뿍듬뿍 뿌려서 먹는 호사를 누렸다.

아들은 나의 전용 셰프이고 나는 그의 단골고객이었다. 아들과 나는 서로서로 길들여져 갔고 학교를 걸어 나온 자퇴생과 학교 밖 아이의 엄마로 조금씩 조금씩 현실에 적응

되고 있었다. '매일매일을 이렇게 지내는 것이 맞는가'라는 의문이 들 때마다 그 생각을 애써 저쪽 끝으로 구겨 넣고서 말이다.

　와, 환상적인데. 아들아, 진짜 끝내주게 맛있네.
　아들이 소리 내어 웃었다.
　오랜만이네, 그 웃음. 네 웃음소리가 듣기 좋다.
　많이 웃어드릴게요. 제 선물이에요.
　엄마의 마음을 밝고 화창하게 기분 좋게 요리하는 레시피를 알고 있구나.
　그래, 이렇게 웃자. 네 웃음이 그 무엇보다 값진 선물이다.＊

여신님이 보고 계셔

Just waiting may be the answer.

믿고 기다리는 것이 답일 수 있어.

넌센스 퀴즈다. 사람의 몸무게가 가장 많이 나갈 때가 언제인가? 답은 '철이 들었을 때'.

'철들다'의 '철'은 순 우리말이다. 사리를 헤아릴 줄 아는 힘, 판단력, 분별력, 자각을 의미하고 '철들다'라는 것은 사리를 분별하여 판단하는 힘이 생긴 때를 말한다고 사전에 설명이 되어 있다.

'철'은 언제 드는가? 철의 원래 어원이 계절의 변화를 가리키는 말이라 겨울철, 봄철 등 여러 번 계절이 바뀌고 쌓여서 세월이 지나면 그때 사람은 자연스럽게 철이라는 것이 든다.

노홍철이 해방촌에 책방을 열고 본인의 이름 글자 '철'이 든 책방이라는 의미를 담아서 책방 이름을 '철든책방'이라고 지었다.

'철든책방' 주인인 노홍철에게 기자가 물었다.

"철든다는 어떤 의미인가요?"

그는 이렇게 대답했다.

"철든다는 것은 마음이 성장하는 것이 아닐까요."

나는 우리 아이들이 철이 빨리 안 들었으면 좋겠다고 생각했다. 아이들이 엄마 아빠의 처지를 감안해서 '자기가 하고 싶은 대로 밀어붙이지 않고 주변 상황을 고려하여 자기의 꿈을 포기하지 않기'를 원했다. 부모의 권위와 세상의 관습과 타협하면서 자신이 원하는 것을 하나씩 하나씩 지워나가지 않기를 바랐다. 친구들은 편한 소리 하고 있다고 타박을 주지만 그것은 나의 진심이다.

남자아이는 군대를 갔다 오면 대부분 철이 드는 것 같다. 원하는 대학에 들어갔든 아니든 관계없이 고등학교까지는 대학 입시를 준비하느라 마음껏 놀지도 못하고, 대학에 들어가면 언제 입대해야 할지를 고민하느라 대학 생활을 마음껏 즐기지도 못한다. 군대를 다녀와서는 이제 '철이 들었다'는 이유로 주변 상황에 맞추느라 자기가 정말로 하고 싶은 것을 주장하거나 욕심껏 밀어붙이기가 어려운 것이 현실이다. 안타까운 일이다.

가능하다면 우리 아들은 철이 조금 늦게 들어서 남보다 뒤처지는 것처럼 보이더라도 그들의 젊은 날을 충분히 즐기기를 진심으로 원한다. 누군가에게 '철없다'는 소리를 들어도 좋으니 순수한 아이처럼 하고 싶은 것에 도전해보고 아직 해보지 못한 많은 분야에 시간과 정열을 쏟아 희열을 만끽하는 시간을 갖기를 바란다.

나의 소망과 달리 우리 아들은 철이 너무 빨리 들어 버렸다. 고등학교 때까지도 엄마 아빠가 골라주는 대로 옷을 입고 운동화를 신었다. 중저가 브랜드 제품을 입고 학교에 가서 친구들한테 놀림을 받아도 집에 와서 불평하거나 다른 것을 사달라고 졸라대는 일이 없었다. 요구하지 않는 아들이라서 그런 것에 대한 욕구도 없는 줄 알았다.

학교에서 있었던 나쁜 일도 엄마 아빠가 걱정할까 봐 집에 와서는 이야기를 하지 않는 입이 무거운 아들이었다. 항상 참고 또 참아내는 만큼 내면에는 하지 못한 이야기들이 쌓여서 아들의 마음속은 바위만큼 무거워지고 있는 것을 눈치채지 못한 나의 무감각함이 원망스러울 뿐이다. 마음 씀씀이가 깊고 행동이 절대 가볍지 않은 그런 아들이 대견하다고 생각했고 내가 아들을 바르게 잘 키웠다고 자만했다.

다시 노홍철에게 물었다.

"책방 주인이니까 안 물어볼 수가 없네요. 요즘 읽는 책은 무엇인가요?"

"그동안 세계문학전집 중에 읽은 책이 ≪참을 수 없는 존재의 가벼움≫ 달랑 한 권이었어요."

밀란 쿤데라의 ≪참을 수 없는 존재의 가벼움≫에는 사람이 필요로 하는 시선에 관한 이야기가 있다.

첫 번째로 익명의 무수한 시선, 즉 대중의 시선.

두 번째는 다수의 친한 사람의 시선.

세 번째는 사랑하는 사람의 시선.

네 번째는 부재한 상상적 시선.

어떤 방식의 시선을 원하는지는 사람마다 다르지만, 타인이 늘 우리의 삶을 응시해주기를 바란다는 욕망만은 공통적이다.

아들이 자퇴하고 집에 있을 때 그를 바라보는 주위의 시선을 피할 수가 없었다. '학교를 안 가고 왜 집에 있는지'를 직접적으로 묻는 사람도 있었지만 '학교에서 문제를 일으켜서 퇴학을 당한 건가?' '겉은 멀쩡하게 보이지만 뭔가 문제가 있나 보다' 등 말은 안 하면서 지레짐작으로 나를 안쓰럽게 쳐다보는 시선도 느껴졌다.

아들의 마음이 도리어 너무 빨리 성숙해버려 아파할 때 나는 새벽마다 하나님 앞에 엎드려 기도했다. 모든 사람이 우리 아들을 따뜻하고 응원하는 시선으로 바라봐 주기를 바랐다. 그분들도 나처럼 우리 아들을 믿고 기다린다는 눈길로 격려해주기를 기도했다.

연극 〈여신님이 보고 계셔〉의 주제곡 가사 한 마디 한 마디가 우리 아들의 마음처럼 느껴졌다. 어디선가 우리 아들을 지켜보는 그분의 시선이 느껴졌고, 우리에게 그분이 계셔서 다행이라는 생각이 들었다.

여신님이 계셔

꿈이 아파 잠들지 못하는 밤

작은 숨소리마저 아려와

그림자 뒤로 숨고만 싶은 밤

누군가의 온기가 필요한 밤

홀로 외로운 날 받아줄

따스한 품이 간절해지는 밤

눈을 감고 떠올려봐

지금 저 바다 한가운데

파도를 타고 달을 등지고

별빛 수놓은 옷을 입은 여신님을

마음으로 느끼면 돼

운명처럼 너를 찾아온

보이지 않아도 만질 수 없어도

내 안에 숨 쉬는 여신님을

봄을 깨우는 따사로운 햇살처럼

마른 들판에 내려오는 빗물처럼

미움도 분노도 괴로움도

그녀 숨결에 녹아서 사라질 거야

그만 아파도 돼

그만 슬퍼도 돼

그녀만 믿으면 돼

언제나 우리를 비추는

눈부신 그녀만 믿으면 돼

아들아, 그만 아파도 돼. 그만 슬퍼도 돼. 엄마만 믿으면 돼. 엄마가 여신은 못되더라도 너를 끝까지 지켜줄 거야.*

시애틀에서 꿈을 이루는 아침

Great news! Cheers!

잘하고 있어! 멋지다. 최고!

스타벅스가 처음 문을 연 도시.

마이크로 소프트, 보잉, 아마존닷컴의 미국 본사가 있는 도시.

시애틀은 우리에게 낯설지 않고 꽤 유명한 도시다.

큰아들이 워싱턴대학University of Washington을 선택한 데는 세 가지 이유가 있다. 한국에서 직항이 있고 인천공항에서 맨해튼까지 걸리는 13시간보다 4시간이나 짧은 9시간이라는 항공시간과, 인종차별이 그렇게 심하지 않고 치안 질서가 괜찮다는 부분, 그리고 한국 커뮤니티가 어느 정도 잘 정착되어 한국사람이 생활하기에 편하다는 점을 고려하여 큰아들은 워싱턴대학을 선택했고 그때부터 우리 가족과 시애틀과의 인연이 시작되었다.

둘째 아들이 미국으로 유학을 가기로 생각하고 지역을 시애틀로 결정한 데는 형이 그곳에 있다는 것이 가장 크게 영향을 미쳤다. 처음 미국에서 생활하는 데 형의 도움을 받을 수 있지 않을까 하는 기대감 때문이었다.

아들이 사회복무를 하면서 미국에 가서 새롭게 공부를 하고 싶다는 이야기를 꺼냈다. 1년간 지방에 있는 대학에서 나름대로 열심히 적응하면서 자신의 미래를 고민하더니 자신의 능력을 한번 테스트하고 싶다고 했다. 능력을 발휘해보겠다는 것이 아니라 시험해보겠다는 것이었다.

그 능력이란 혼자서 하루 24시간을 경영하는 것, 그 24시간 동안 마음에서 느껴지는 외로움과 쓸쓸함 그리고 불안함과 초조함 모두를 이겨나갈 수 있는 마음의 힘이 얼마나 단단해졌는지를 시험해보겠다는 것, 여러 나라에서 온 다양한 국적의 사람들과 관계를 시작하고 소통을 해나가는 것에 더불어 아직껏 경험해보지 못한 미국 교육제도하에서 영어로 강의를 듣고 리포트를 제출하고 홀로 생존해 나갈 수 있는지를 몸으로 직접 부딪쳐보겠다고 했다.

엄마로서는 아들이 한번 도전해보겠다고 그런 용기를 내

준 것 하나만으로도 눈물겹게 고마우면서도 잘할 수 있을까 하는 불안한 생각에 마음이 편치 않았다.

형이 있는 도시로 가는 것이 좋은 선택일까? 아예 다른 도시로 가서 정말 혼자서 홀로서기를 하는 것이 미국 생활에 더 빨리 적응할 수 있는 길이 아닐까? 그래서 시애틀로 국한하지 않고 다른 도시에 있는 학교도 포함해서 마음에 드는 학교를 찾기 시작했다.

아들이 용기를 내고 각오를 단단히 보였지만 당장 일반 미국대학으로 입학할 수가 없었다. 토플 점수, SAT 점수뿐 아니라 강의를 듣고 토론에 참여해서 의견을 발표할만한 영어회화 실력도 안 되고 에세이와 리포트를 써서 과제를 제출할 만한 영어 작문 실력도 턱없이 모자랐다.

우선 2년간은 우리나라의 2년제 대학과 비슷한 커뮤니티 칼리지에 입학하기로 했다. 위스콘신대학을 포함한 몇몇 유명한 대학 중에는 자기 대학 부설 커뮤니티 칼리지에서 일정 기준 이상의 학점을 이수하면 본교로 편입을 보장해주는 패키지 입학제도가 있었다. 꽤 매력적인 프로그램이라 한동안 고민해보기도 했다.

형이 있는 시애틀에도 여러 커뮤니티 대학이 있어서 어느 한 곳을 선택하기가 쉽지 않았다. 그러나 '서로 도와가며 잘 지내겠지' 하고 두 아들을 믿으며 큰아들이 사는 동네에서 가장 가까운 학교를 최종적으로 선택했다.

학교 입학에 필요한 서류가 많았다. 검정고시 합격증, 자퇴하기 전까지의 고등학교 성적증명서, 조금이라도 학점을 인정받기 위해서 1년간 다녔던 대학교의 성적증명서 및 토플 점수까지 여러 서류를 영문으로 발급받고 공증해서 보내는 작업이 조금은 복잡하고 분주했지만 설렘과 기대감으로 그 과정은 무척 행복하게 느껴졌다.

3월에 사회복무를 마치고 6월 초에 이민 가방 두 개를 싸서 비행기를 탔다. 9월에 정식 학기가 시작되기 전에 9주간의 여름학기를 듣기로 했다. 물론 수업을 잘 따라가기 위해 영어가 모국어가 아닌 학생을 위한 ESL 수업들과 가벼운 교양 필수과목 정도였지만 낯선 캠퍼스에서 외국 교수님과 나이와 얼굴색, 국적이 형형색색인 학우들과 분위기를 익히는 워밍업의 기간이었다.

형이 살고 있는 원룸이 꽤 큰 편이라 형제가 같이 지낼 수도 있지 않을까 하는 '혹시나' 하는 생각에 둘째 아들의 방은 구하지 않고 미국에 도착해서 하룻밤을 지내고 보니 '역시나' 오랫동안 따로 살던 형과 갑자기 한집에서 사는 것은 두 아들 모두에게 불편할 것 같았다. 따로 사는 것이 낫겠다고 판단하면서 급하게 방을 구하느라 큰아들은 하루 종일 인터넷을 뒤졌고 다행히 며칠 만에 마음에 드는 원룸을 구할 수가 있었다. 형이 사는 곳과 불과 3분 거리에 있는 집이었지만 자기만의 공간을 따로 갖게 된 것을 두 아들 모두 좋아했다.

따로 살아야 하니 새로 살림을 차려야 했다. 가구가 모두 갖춰진 원룸이 아니어서 많은 것을 사야 했다. 침대와 책상, 전기밥솥부터 프라이팬에 휴지통까지 사야 할 살림살이 종류가 아주 많았지만, 열심히 아마존으로 주문하고 배송받아 설치하면서 며칠을 보냈다.

다음 주부터 다녀야 할 학교를 답사했다. 지하철과 버스를 번갈아 타고 이제부터 아들이 열심히 찾아다닐 강의실과 도서실, 카페테리아와 체육관 등 건물 구석구석을 찾아들어가 보면서 앞으로 여기에서 힘차게 발걸음을 내딛고 성장할 아들의 모습을 그려보았다.

거리를 걸으며 아들에게 질문을 한다.

아들아 네가 이곳에서 성취하고 싶은 것은 무엇이니?

이곳에 있는 친구들과 어떤 이야기를 나누고 싶니?

네가 기대하는 1년 후 너의 모습을 생각해본다면?

일주일 후 한국으로 돌아가는 날, 시애틀 타코마 국제공항에 두 아들이 배웅을 나왔다. 이제부터 매일매일이 특별한 하루가 될 둘째 아들에게도 고맙다고 했고 이제부터 어쩔 수 없이 동생의 실제적인 보호자가 되어야 할 큰아들에게도 고맙다고 했다.

비행기가 이륙하고 내 눈에서 눈물이 주르륵 흘렀다. 두 아들이 지금 저 밑에 있구나. 잠시간 볼 수 없는 두 아들을 이곳에 두고 떠나는 마음도 이렇게 짠하고 슬픈데 이 세상에 두 아들을 남기고 아주 떠날 때는 얼마나 서러울까 하는 괜스레 감상적인 생각이 들었다.

맥 라이언과 톰 행크스 주연으로, 크리스마스가 다가올 때면 다시 보고 싶어지는 영화 〈시애틀의 잠 못 이루는 밤〉이 생각났다. 돌아가신 엄마를 잊지 못하고 실의에 빠진 아빠를 보다 못한 어린 아들 조나가 새엄마를 구한다고 방송국에 보낸 사연이 라디오에서 흘러나오는 것으로 시작되는 영화다. 엄밀히 말하면 조나는 새엄마를 구하는 것이 아니라 아빠의 새 아내를 구하고 싶다는 말이 맞겠지만 말이다.

아들이 무력감에 빠져 있을 때면 내가 그 시간을 함께 재미있게 보낼 수 있는 게이머이기를, 아들이 도덕과 정의를 주장하며 철학적인 이야기를 펼치며 동의를 구하는 눈빛으로 쳐다볼 때는 내가 철학자이기를, 마음속에 간직한 어려운 이야기를 꺼내 놓을 때는 그 마음을 알아주고 공감하며 위로를 주는 상담 선생님이기를 바랐다.

내가 엄마로서 부족하고 많이 모자란다고 느낄 때는, 아들이 나보다 훨씬 좋은 엄마를 만났었더라면 하는 생각이 들었다. 답답한 마음에 내 아들에게 꼭 맞는 '새엄마'를 만나게 해주면 좋겠다는 마음이 들기도 했다. 그러나 내가 엄마로서 자신 있게 말할 수 있는 것은, 너를 위해서라면 못 할 일이 없다는 것이다.

꿈을 이루기 위해 시애틀로 날아온 아들아! 오늘 하루도 수고가 많았구나. 편안하게 푹 자고 일어나렴.
'시애틀에서 꿈을 이루는 아침'이 너를 기다리고 있으니까! *

아들의 편지

아들의 편지 / 2015. 9. 8.

안녕^^ 나의 사랑하는 엄마!

나 휴대폰을 들고 다니지 않기로 마음을 먹고 어제부터 수업 갈 때 휴대폰을 안 들고 가요. 그래서 불편하기도 하지만 동시에 마음이 편해지고 주변의 일들에 관심이 많아지네요!!

지금 엄마가 이 메일을 읽고 나한테 전화를 해도 나는 못 받을 거에요. 휴대폰이 없으니까요.

지금 이건 도서관 컴퓨터로 쓰는데 불편하네요.

요즘 되게 행복해요. 밥을 먹지 않아도 배가 부르고 누군가가 나를 무시해도 신경이 안 쓰이네요. ㅎㅎ

솔직히 다들 요즘 나의 행동에 대해 막 나간다는 평가가 있어요.

저번 주 목요일도 기분이 안 좋아서 수업도 안 나가고 수업도 열심히 안 듣고 다른 사람 눈에는 그렇게 보이나 봐요.

내가 1학기에 A친구를 이상하다고 했잖아요! 근데 지금 보면 가장 똑똑한 친구에요. 남의 눈을 신경 쓰지 않고 자신을 최우선으로 생각하고 남한테 피해주지 않는 게 너무 존경스러워요. 그래서 어제 내 방에서 같이 놀았어요.

나도 그 친구의 장점을 좀 본받으려고요.

출석도 중요하고 학점과 대인관계도 중요하지만 무엇보다 중요한 건 '나'라는 것!

그래서 나를 위한 인생을 꿈꿔보려고요.

인생을 왜 사는지에 대해 고민을 해봤어요. 그러다가 어디서 글을 봤는데, 어떤 아이가 '애완견은 왜 빨리 죽는지' 안타까워하는 어른들에게 한 말이 대단하다는 생각이 들었어요.

"모든 생명은 행복해지는 법을 배우기 위해 인생을 사는데 강아지는 이미 그 방법을 알기 때문에 굳이 오래 살 필요가 없대요."

과연 행복이란 무엇일까? 어떤 삶을 살아야 할까?

우리는 30살까지 공부와 취업준비 그리고 대인관계를 하며 인생을 준비해요.

인생이 100살까지라고 보면 그 30살까지도 인생의 30%인데 30%를 인생을 준비하는 단계로 살아가는 거지. 30대부터는 자녀 양육과 자신의 60넘어서의 노후를 준비해야 하죠.

30년 동안의 인생을 일에 전념해야 하고 주말은 일을 하기 위한 휴식을 하면서 보내고 60이넘어서는 인생 2막을 위해서 또 살아야 해요.

100세시대라고 하지만 60이 지나서는 체력이 이전만 못하고 병으로 고생하기도하고요.

우리는 인생을 왜 살까요? 정말 하나님이 큰 뜻이 있어서 계속 우리를 인류 발전에 기여하도록 이 땅에 두었다가 다시 하늘나라로 보내는 걸까요?

당연히 일도 하고 살아야겠지만 저번에 횡성에서 말했듯이 나는 행복한 인생을 위해 살 거에요.

나는 요즘 영어공부가 즐거워요!!

예전에 하던 낙서도 이제 영어로 해요. ㅋㅋㅋ

일단 나는 행복한 삶을 위해 영어공부도 하겠지만 지금 이 순간도 행복할 수 있도록 최선을 다할 거예요.^^

더 얘기 하고 싶지만 수업 시작하겠다. ㅠㅠ

사랑해요. 엄마!

아들을 이해하기 위한 짧은 편지 / 2018. 2.12.

안녕하세요. 사랑스러운 엄마.

가급적이면 이런 편지, 이런 연락 안 남기고 싶었는데 뭔가 한 번쯤은 필요하고 그럴만한 상황인 것 같아 짧게나마 글을 보냅니다.

얼마 전 여행 관련 얘기에서 엄마가 "항공비가 왕복만이고 유럽 내에서는 안타냐"는 질문을 했을 때 기분 나쁘게 행동 했던 점 먼저 사과드릴게요. 내가 불안정하고 조급해서 마음의 여유가 너무 없었나 봐요. 미안해요.

요새 문득문득 내가 참 나쁜 사람이라는걸 느끼고 있어요. 사실 착한 사람이고 싶지 않았던 내 마음이 자라서 이렇게 변한 것일지도 모르겠네요. 약자를 볼 때 이제는 도와주기보다 그냥 피하고 싶어하는 나를 느낄 때가 종종 있어요. 어쩌면 이게 다수세계 속으로 가는 과정일지도 모르겠지만 어제 버스에서 이런 생각이 들었을 때는 자괴감이 많이 들었어요.

엄마가 쉽게 인정하기는 힘들겠지만 우리가 최근 몇 일 동안 토플, 여행 등등 다양한 얘기를 나눌 때 나는 약간 이질감을 느꼈어요. 물론 주관적이고 부정할 수도 있겠지만 엄마가 참 날이 서있다는 느낌을 지울 수가 없어요. 물론 내가 한 행동 이후에 더 심화되었을 수 있겠지만 그 날 아침과 그 전 휴일 때도 미약하게나마 느끼고는 있었어요.

평소보다 신경이 곤두서있고 방어적인 엄마를 마주했을 때 솔직히 무서웠어요. 내가 그걸 받아줄 마음의 여유가 있다면 좋겠지만 그렇지 못하다는 걸 느끼고 나 또한 상당히 날이 서있기에 어떻게 할지 모르겠네요.

엄마가 나에게 불만이 있거나 개인적인 스트레스가 크다면 나한테 말해줬으면 좋겠어요. 계산적이거나 수를 쓰지 않고 솔직하게만 말해준다면 내 잘못 수용하고 엄마를 보다 이해하려고 노력 해볼게요. 엄마는 그게 좋은 소통 법이 아니라고 생각할 수 있겠지만 최소한 나는 그게 편하고 그렇게라도 이해하고 싶어요.

소수 그리고 다수, 사실 이 문제는 내가 유독 예민한 거 인정할게요. 그리고 이해 해주셨으면 해요. 내 어릴 적 꿈은 인권변호사로서 소수를 돕는 일이었어요. 검사, 법무부 장관 등의 직업들은 약간의 변형들일뿐 사실은 소외 받는 사람을 돕는 것이었어요. 왜냐하면 내가 소수였으니까.

운동을 좋아하지 않고, 전교에 따돌림 받는 친구 2명만 다니는 태권도 학원을 다니고, 피아노 학원에 가고, 쓸데없이 진지한 나는 매사에 소수였던 나는 자연스럽게 주류로부터 멀어지고 따돌림 당하고 매일 학교 나가면 애들이 욕하고 무시하는 삶을 살았어요.

그 따돌림이 생각보다는 심했지만 그저 소수이고 '보통' 애들처럼 행동하지 않기에 그런 대우를 받아 마땅한 것이었어요. 많은 친구들이 문제 의식이 없었고 나는 그런 정상집단의 비정상 소수일 뿐이었죠. 그래서 여전히 어디에 기대려고 하는 동시에 혼자가 편하고 사람들이 싫은가 보네요.

내가 몇 년 전부터 밀고 있는 이상적인 인간상이 '독립형 인간'이라고 한 거 기억나나요? 나는 그런 배려심 없고 소수를 따돌리기만 하는 인간에 맞서 다수가 필요 없는 그런 인간이 되는 게 목표였어요. 그래서 '콩가루집안' '자주적 인간' 같이 비사회적인 세상을 동경했어요. 그 놈의 다수한테 흔들리기 싫어서, 소수여도 개의치 않고 싶어서.

"수가 많다고 틀린 것이 옳은 것은 아니다."
−베르나르 베르베르 [신] 중에서−

이런 맥락이 내가 이 글을 사랑하고 붙잡고 있었던 것이 겠지요. 근데 엄마는 방어기제로 내 말을 끊을 때마다 이 글에 대해 "그렇다고 소수가 옳은 것도 아니잖아!"라고 말씀하셨지요. 나는 소수가 옳기까지는 바라지 않아요. 그저, 다수가 더 나은 잣대처럼 나를 옥죄고 괴롭히지 않았으면 할 뿐, 그 이상도 그 이하도 아니에요.

엄마는 나의 부모님.

'엄마는 잔소리를 할 권리가 있고 참견할 권리가 있고 자식의 잘못된 결정에 비난할 권리가 있지만 책임은 모두 자식에게 있다'. 다르게 해석하면 '조언할 권리' '지켜볼 권리' '평가할 권리' 참 관점의 차이인데 어려워요. 어쩌면 받아들이기 나름이고 표현하기 나름이겠지요.

근데 앞에서 본 것과 같이 나는 엄마가 충분히 이해하기 힘든 나만의 세계관, 가치관, 인생관을 지녔고 그에 따라 판단하고 행동하고 싶은데 다른 삶을 산 엄마의 조언이 강요처럼 다가온다면 내 머리는 이도 저도 방향을 잃어버리고 그저 무기력하게 손을 놔버리거나 나의 방어기제로 엄마에게 대하겠죠.

방어기제와 방어기제가 싸우니 우리는 감정소모만 생기고 나는 인간관계에 대한 회의, '하물며 엄마하고도 제대로 대화를 못하는데 모르는 사람들과 여행은 무슨, 대학은 무슨, 삶은 무슨'과 같이 내 미래에 대한 회의감에 빠져 건설적이고 진취적인 삶과는 거리가 멀어지네요.

요새 내가 웹툰^{만화}에 빠져 있다는 거 기억해요? 내가 어떻게 이 나이에 만화를 좋아하게 되었나 싶지만 요새 키덜트들이 어린 시절 못 놀았던 것의 보상 심리로 그런다는 걸 보면서 나도 만화에 대한 보상심리가 있나 싶어요. 근데 얼마 전에 만화를 보다가 울었어요. 주인공의 말이 너무나 공감되고 내가 알지만 말로 풀지 못한 걸 잘 정리했더군요.

"내가, 차라리 죽는 게 낫다고 생각했던 이유는 뭘까. '지금 이 순간'이 너무 힘들어서? '지금 이 상황'을 못 견뎌서? 제 생각에 진짜 큰 절망감은, 순간이 아니라, '일상적으로' 죽음에 가까운 기분을 견뎌내야 한다는 것.

그런 일상이 몇 달, 몇 년이 아니라, '평생 지속될 가능성'이 크다는 것을 느낄 때 오는 것 같아요."
　　　－웹툰 [찬란하지 않아도 괜찮아] 중에서－

마지막으로 짧게나마 기억에 관한 부분을 얘기하고 싶어요. 어쩌면 소통과도 일맥상통하는 부분이요. 나는 엄마 아빠가 나한테 상황에 따라 했던 말들 "정신 나간 놈, 미친 놈, 제정신이냐, 편의점, 너는 좀 이상해! 등등 이런 기억에 대해 다시 내가 지 멋대로 상상하는 놈이라 치부되었지만" 하물며 엄마의 말에 대한 내 주관적 느낌, 판단, 왜곡. 사실 이게 진짜 이런 말을 했느냐, 이런 뉘앙스였느냐, 말투가 그랬느냐 같은 것들이 중요한가? 싶어요.

진실이 중요하다고는 생각하지만 동시에 상대방에게 그런 느낌을 주었다면 그건 말한 사람이 능숙하지 못한 것이고 지나간 과거의 사건들에서 내가 저런 말들 혹은 기억을 가지고 있다면 나는 어쨌든 상처를 받았고 상처를 준거예요.

실제로는 그런 의도가 아니었고 그런 말을 하지 않았을 수도 있겠지만 내 기억에는 평생 그런 기억으로 남을 것이고 상처가 남아있을 거예요. '미친 놈 마냥 왜곡하는 나, 상상하는 나'로 부모님이 치부한 기억 또한 왜곡이 있든 없든 깊은 상처예요. 그리고 상처 받은 나를 '쓸데 없는 것에 예민하게 구는 나'로 치부한 것 또한 상처네요. 그 날로 돌이가 확인 하지 않는 한 과거는 베일에 싸어있고 나는 흉터가 없어지질 않아요.

그럼 상처 입은 내가 잘못인가요? 아니면, 의도야 어쨌든 상처를 준 부모님이 잘못인가요?

진실보다 중요한 건 상대방에게 상처를 주지 않는 태도 아닐까요? 그리고 상처를 줬던 것에 대한 인정과 이해 아닐까요?

이제 그만 소모적인 대화를 끝내기를 희망하고

이해하지 못했으면서 다 안다는 듯이 말하는 것을 멈추고 서로에게 보다 너그럽고 솔직하기를 바라며 이만 말 줄입니다.

아들 정하 올림

아들의 감동적인 편지 / 2020. 10. 6

안녕하세요 엄마 아빠!

제가 마지막으로 편지를 쓴 게 언제 인지 이제 기억도 가물가물하네요!

올해는 그 어떤 해 보다 가장 뜻 깊은 생일이 아닌가 싶어 편지를 씁니다. 격동의 고등학교 시절과 자퇴부터, 많은 방황을 겪은 일년간의 대학 생활, 구청에서의 사회복무, 그리고 시애틀에서의 2년, 인생을 크게 본다면 짧게 느껴질 7년 남짓한 시간이지만, 그 동안, 저는 정말 많은 일들을 겪었네요.

도대체 한 사람이 그 짧은 기간 동안 어떻게 저렇게 옮겨 다니며 살 수 있었을까, 한 개인의 정체성을 바꾸며 살았을까, 많은 성찰을 주는 7년이었어요.

저는 제 친구가 저를 한량이라고 부르듯, 강물에 떠다니는 잎사귀처럼 격동의 시간 속에서도 그저 흐르는 대로 살았지만, 그 거센 물길에서 물에 잡아 먹혀버리지 않은 것은 오롯이 엄마와 아빠의 지지와 지원이 있었다고 생각해요.

제 생일의 주인공은 그저 태어나서 살아진 제가 아니라, 그런 저를 낳고 교육시키고 모양을 잡아주신 부모님이에요. 제 삶의 끝자락이 가까워 졌다고 느꼈을 때, 그 어두운 바람을 떨치게 도와준 아빠, 늘 제 최고의 술 친구, 대화 상대가 되어주시는 엄마, 세상에 그 어떤 부모님보다 훌륭하시고 지혜롭다고 생각해요.

얼마 전, 친구에게 카톡으로 위로를 해주며, 나이가 많아진다고 삶이 쉬워지는 것은 아니라고 했는데, 부모님을 보며, 삶이 쉬워지지는 않아도 엄마아빠처럼 좋은 결정을 자주 내릴 수 있는 사람이 되기를 바랬어요.

예전에 이런 편지를 쓰면, 늘 마무리는 나중에 효도하겠다, 더 잘 할 것이다, 이런 식이었는데, 그런 약속도 좋지만 철학과답게! 철학적으로 마무리를 하려고 합니다. 사람들이 흔히 저 같이 가진 것^{지적이든 물질적이든}에 비해 고생고생 하는 사람들을 보면, 대기만성형 인간이라고 위로를 건네죠. 실제로 저 또한 많이 들었고요.

흔히 알려진 의미는, "큰 그릇의 사람은 채워지는데 오래 걸린다." 혹은 "큰 그릇은 만드는데 오래 걸린다." 정도로 알려져 있죠. 대기만성은 노자의 도덕경에 나오는 말로 원문은:

大方無隅 大器晚成 大音希聲 大象無形 道隱無名
(대방무우 대기만성 대음희성 대상무형 도은무명).

세상의 끝 모퉁이에는 사실상 모퉁이가 없고,
세상의 큰 그릇은 만들어지는 게 아니며,
세상의 큰 소리는 들을 수 있는 게 아니며,
세상의 큰 형상은 형태를 지닌 것이 아니다.
세상의 진실은 이름 없음 속에 감춰져 있다.

노자의 도교 사상의 진수를 담은 이 글은, "큰 그릇인 우주는 그 테두리가 없다." 라는 말이라고 하네요. 노자는 인간을 빗대어 말하지는 않았지만, 해석하면 "인간의 확장성이 무한하다는 것" 정도가 될 것 같아요.

그런 면에서 저는 대기만성형 인간이 될게요. "진짜 큰 그릇의 인간은 아예 테두리를 치지 않는다." 저는 제 한계를 두지 않고 늘 확장하며 겸손하게 배우고, 남들이 생각하는 인간의 한계를 넘어서는 사람이, 그런 아들이 되도록 노력하겠습니다.

　2020년 10월 6일, 만 24살의 생일, 이제까지 너무 많은 것을 주셔서 고맙고, 사랑해요.＊

손질하기 편한 짧은 커트 머리, 위아래 베이지색 바지정
장, A4 용지가 들어가기에 충분해 보이는 커다란 가방, 6센
티미터 굽의 갈색 정장구두를 신고 바쁘게 걸어가는 여자.

어느 날 지하도를 걸어 가다가 맞은편에서 나하고 비슷
한 옷차림을 한 50대로 보이는 여자가 눈에 들어왔다. 누
가 봐도 사회 생활 좀 했겠다 싶은 직장여성이다.

얼굴에서 보여지는 연륜을 파운데이션으로 두드려 눌
러 놓고 조금은 튄다 싶은 핑크색 립스틱을 정성껏 바른
얼굴. 그 여자를 보면서 나도 모르게 이런 생각이 들었다.
'친구! 오늘도 바쁘게 애쓰며 출근했군요' 그리고 곧 연민
의 감정이 올라왔다.

어디를 가서 누군가를 처음 만날 때도 척하니 꺼내어 건
넬 수 있는 명함이 있는 것도 직장을 다니는 덕분이고 제
날짜에 꼬박꼬박 통장에 꽂히는 내 월급으로 당당하게 친
정엄마께 용돈을 보내드릴 수도 있고 집에서 아이들 키우
느라 스트레스가 쌓인다는 친구를 불러내어 근사한 레스

토랑에서 트러플 파스타에 향긋한 와인까지 곁들여 살 수 있다. 프로젝트를 성공적으로 마무리하면서 느끼는 뿌듯함도 좋고 때맞춰 승진하면서 맛보게 되는 자아 성취감도 나를 만족하게 한다. 커리어 우먼으로 인정받으며 직장을 다닌다는 거 참 좋다.

그런데 아주 가끔씩 뭔가에 쫓기 듯 바쁘게 다니는 나를 돌아보게 된다. '지금 내 인생을 잘살고 있는 건가, 나는 지금 행복한가' 하는 물음에 마음이 잠시 주춤거린다.

다윈의 〈진화론〉에서는 "결국 살아남는 종은 강인한 종도 아니고 지적 능력이 뛰어난 종도 아니다. 살아남는 종은 바로 변화에 가장 잘 적응하는 종이다"라고 했다.

우리는 경쟁에서 뒤처지지 않기 위해 허리를 곧추 세우고 긴장하며 산다. 세상이 변하는 속도에 맞추어 잘 적응하기 위해 눈과 귀를 열어 놓고 무슨 일이 어떻게 돌아 가고 있는지 계속 점검해야 한다. 그렇게 살아야 중간에 탈락하지 않고 끝까지 살아남는다는 것을 알기에 쉬지 않고 달린다.

실력이 녹슬지 않기 위하여 매일 쏟아지는 수많은 정보속에서 내게 필요한 것을 재빠르게 골라내어 외우고 익히고 배워 나가야 한다. 직장에서는 마치 집안 일과는 담을 쌓은 여자가 회사에 올인 한 것처럼 일하고 퇴근 후 집안 현관을 여는 순간부터는 다정한 엄마와 매력적인 아내로 완벽하게 변신을 하려고 나름대로 최선을 다하는 우리는 워킹맘이다.

얼마 전까지는 이렇게 매일 매일 아침 저녁으로 변신하며 사는 것이 가족을 위해서라고 생각했다. 그래서 유독 피곤하고 많이 지치는 날에는 가족에게 짜증이 났다. 가족이 내 어깨에 올라 앉아서 나를 생활 전선에 내 몰았다고 생각했고 그래서 내가 힘든 것은 가족 때문이라고 생각했다.

'여자 나이 50', '여자 나이 50 무엇으로 사는가' 등 비슷한 제목의 책들이 많이 있다. '여자 나이 50'은 독일 언론인이자 작가 마르깃 쇤베르거가 쓴 작품으로 쉰 살을 기쁨으로 맞이하는 50가지 방법을 소개하고 있다. 작가는 그 책에서 나이 50을 맞이 한 여자는 엄마로서, 부인으로서 딸로서 갖고 있던 의무감으로부터 어느 정도는 자유로움을 느껴도 되는 나이이고 이제부터는 그 누구도 아닌 '나'를 중심으로 하루 24시간을 돌려도 누가 뭐라고 훼방을 놓지 않는 나이라고 이야기 한다. 여자 나이 50을 "파도에도 무너지지 않는 절벽처럼 견고한 나이"라고 표현한다. 이제까지 살아온 삶의 여정에서 체력이나 감정 그리고 환경 등의 변화가 크게 달라지는 전환기라고 한다.

그런 이유였을까? 나도 50이 되었을 때 내 인생의 뭔가를 짚고 넘어가고 싶었다. 100세까지 산다는 보장도 없으면서 50이 되는 시점이 인생의 반환점인양 이제까지 살아 온 나의 삶을 복기하고 넘어 가야 한다고 생각했다. 돌아보니 50년을 살아 오면서 32년은 부모님 밑에서 18년은 한 남자를 만나서 아들 둘을 낳고 기르며 감사하게도 잘 먹고 잘 살았다. 그렇지만 어느 순간 '나'는 안보였다. 내 인생에서 엄마와 직장인의 역할 비중이 너무 컸다. 나를 위한 시간은 출퇴근 길에 차 안에서 내가 선택한 채널의 라디오 방송을 들을 때 뿐이었다.

반환점을 돌면서 지금까지 보다는 내 목소리를 더 크게 내고 싶어졌고 내가 원하는 것을 하면서 살아야 후회가 없을 것 같았다. 그것이 유치하든 가치가 있든 없든 상관하지 말고 나의 인생 목표 목록 중에 '나'를 우선순위에서 맨 앞으로 옮겨 놓아야겠다고 작정했다.

열심히 살아 온 나의 50년을 기념할 수 있는 생일 선물을 가족으로부터 받고 싶다는 마음을 당당하게 밝혔다. 생일 두 달 전부터 남편과 두 아들에게 "엄마의 50세 기념 선물을 정성껏 준비하라"고 단단히 일렀다.

그러던 어느 날 새벽예배 때 두 손을 꼭 잡고 기도하는 할머니 옆에 앉게 되었다. 깨끗한 옷차림에 고운 미소를 갖고 계신 할머니를 보며 '나도 늙었을 때 이런 모습이면 좋겠다'는 생각이 들었다. 할머니 무릎에 올려진 가죽 가방이 눈에 띄었다. 은은한 살구색이 할머니의 인자한 모습과 어울리며 품위가 있어 보였고 할머니가 살아 온 그간의 세월을 보여주듯이 적당히 손때가 묻은 가방이 참 멋졌다. 유명 브랜드 로고가 새겨진 가방은 아니지만 연륜이 느껴지는 할머니의 가방이 무척 고급스러웠다.

은퇴 후 나는 매일 새벽예배에 참석해 두 손을 맞잡고 자식들의 행복을 위한 기도로 하루를 시작하고 싶다. 저 할머니처럼. 그때 문득, '성경책 한 권, 손수건 한 장, 핸드폰과 지갑을 넣을 수 있는 저런 가방이 있으면 좋겠다'는 생각이 들었다. 집에 오자마자 가족들에게 "50세 기념 선물로 보들보들한 소가죽 가방이 갖고 싶다"고 말했다. 브랜드는 상관없으니 연한 색상에 사이즈는 어느 정도라고 아주 구체적으로 선물의 종류를 정해 줬음에도 불구하고 남편과 아들들은 하루하루 고민만 할 뿐 뭔가를 준비하고 있는 분위기가 보이지 않았다.

그러던 중 생일을 열흘 정도 앞두고 해외 출장을 가게 되었다. 출장 소식을 듣자마자 남편이 씩 웃으며 마음에 드는 가방을 공항 면세점에서 사든지 미국에서 사오든지 내가 직접 사오라고 했다. 그래 그럼 그렇지. 반평생을 뺑뺑이 돌면서 가족을 위해서 열심히 산 나의 50세 기념 선물을 직접 골라주지도 않고 돈으로 대충 해결을 하려고 하는 가족의 무성의한 태도가 섭섭하기도 하고 한편으로는 '그래 내 마음에 드는 걸 사면 되지 뭐' 하는 푸념 섞인 생각에 씁쓸한 기분도 들었다.

약간의 우울한 기분 때문이었을까? 출장 길에 오른 비행기 안에서 별별 생각이 다 들었다. '만약 이 비행기에 문제가 생겨서 내가 죽는다면?' 친정엄마는 그 자리에서 정신을 놓을 것이고 하나밖에 없는 나의 친정 오라버니는 오열하며 맨발로 뛰어 올 것 같고, 나의 남편 또한… 그런 생각이 들면서… 나는 무엇과도 바꿀 수 없는 사랑을 가족들로부터 받고 있다는 생각과 함께, 이런 사랑이면 됐지 뭐가 또 필요하단 말인가 하는… 생각이 들었다. 나의 50세 기념 선물 타령에 그들을 고민하게 하지 말자. 이것 또한 부질없는 나의 욕심인 것을 깨달았다.

나를 자랑스러워 하며 소중하게 여기는 엄마, 오빠, 그리고 나의 남편이 나를 오늘까지 열심히 달리게 했던 에너지의 원천이었다는 생각과 그들의 격려와 응원 덕분에 내가 이제까지 경력을 포기하지 않고 직장생활을 잘 할 수 있었다는 생각이 들었다. 50세 생일에 봉투 3개를 준비했다. 만 원짜리 신권 50장씩을 넣어 친정엄마, 오빠 그리고 남편에게 감사의 인사와 함께 전했다.

이제까지 나의 모든 사회생활은 나를 위한 나의 선택이었다. 아이들과 가족을 위해서 돈을 벌었다기 보다는 내가 원해서 직장생활을 열심히 했고 피곤하고 힘이 들기는 했지만 성장하고 발전한 나를 만나게 되어 뿌듯하고 보람을 느끼며 살아왔다. 나의 50세 생일 잔치는 그렇게 끝났다. 그래 이러면 됐지 뭐. 가방은 언제라도 살 수 있잖아.

젊은 시절에는 '아이는 잘 키우고 싶지만 경력도 포기하고 싶지 않아' 열심히 일했다. 여자 나이 50을 지나 60이 넘고 보니 가족을 챙겨야 하는 부담으로부터 한결 몸이 가벼워졌다. 내가 아이들을 키우는 것이 아니라 아이들이 나를 보살피려고 한다. 강의안을 만들 때 필요한 자료도 찾아주고 내가 아마추어 실력으로 만든 PPT도 여러 기능을 이용하여 아주 세련되고 멋지게 다듬어 준다. 정년퇴직을 하고 엄마가 우울하지는 않을까 염려하며 내가 계속적으로 열심히 사회생활을 할 수 있게 적극적으로 응원하고 격려해주는 가족이 고맙다.

지금부터는 사회적인 지위나 명예 그리고 경제적인 보상보다는 사회의 한 부분에서 소속감을 느끼며 나의 시간을 누군가에게 도움을 주는 일에 사용을 할 수 있는 것만으로도 충분히 만족스럽다고 생각한다. 그런 일을 하면서 나의 경력을 이어갈 것이다. 내 안에서 들리는 열정의 소리에 귀 기울이고 진짜 내가 하고 싶은 일을 하면서 사는 것이 나 자신한테 친절하게 사는 것이고 나를 귀하게 생각하고 존중하며 사는 것이다.

얼마 전에 미국 갤럽에서 만든 강점 진단을 한 결과 내가 갖고 있는 재능은 공감, 전략, 개발, 최상화, 적응이었다. 마케팅 담당 RM으로서 고객과 쉽게 친해지고 오랜 기간 함께 좋은 관계를 유지할 수 있었던 것은 '공감'과 '적응'이라는 나의 강점 덕분이었다는 생각이 들었다. 조직의 구성원으로 있다가 홀로서기를 할 때 가장 걱정스러운 것은 새로운 사람과 관계를 형성하는 것이라고 하는데 나는 그것이 두렵지 않다. 타고난 강점은 거의 바뀌지 않는다고 들었으니 처음 만나는 고객도 나의 공감 능력을 발휘해서 행복한 관계를 맺고 잘 유지할 자신이 있다.

커리어 우먼으로 또한 워킹맘으로 살고 있는 그대들이여. 내 아이는 그 누구보다도 잘 키우고 싶고 내가 담당한 업무 또한 완벽하게 수행해서 계속 성장하고 발전하며 오늘도 멋진 경력을 쌓아가려고 고분 분투하는 당신의 모습이 아름답다.

힘들다고 누구의 탓을 하지 말자. 여러분이 능력이 있고 열정이 있기에 직장에는 당신의 자리가 있는 것이다. 그 기회를 만들고 선택한 것은 바로 당신이다. 매일매일 부딪히고 있는 많은 일들 속에서 돈으로는 살 수 없는 값진 경험과 지혜를 얻으며 계속 성장하고 발전하고 있는 당신을 칭찬한다.

여러분을 부러워하는 많은 친구들이 있다. 힘들다고 생각될 때 자신의 어깨를 스스로 토닥토닥 두드려보자. 경험해보니, 어느 누가 해주는 인정과 칭찬보다 내가 나 자

신에게 해주는 격려와 응원이 제일 효과가 있는 것을 알게
되었다.

자. 오늘은 어떤 옷을 입고 출근할까? 베이지색 반팔 블
라우스에 카키색 바지 정장을 입기로 하자. 오늘 손님을
만날 예정이니 진주 귀걸이를 하는 것이 좋겠다. 어디 보
자. 검은색 토트백 대신에 오늘은 와인 컬러의 숄더백을
메고 갈까? 괜찮은데. 오늘은 아이라인도 한번에 쓱 잘 그
려졌고 헤어 드라이도 아주 마음에 든다.

거울에 비치는 이 여자 누구야. 아주 멋진 커리어 우먼
이군!

나는 활용도가 많은 커다란 보자기를 좋아한다. 약간 쌀쌀
하다고 느껴질 때 목을 감쌀 수도 있고, 무릎을 살짝 가려줘
야 할 때도 쓰고, 들고 갈 물건이 많으면 가방이 되기도 한
다. 둘둘 말아 사용해도 되고 길게 늘어뜨려 허리띠로 묶어
도 되고 곰곰이 생각하면 더 많은 쓰임새가 있을 것이다.

본인을 위해서도 타인을 위해서도 정말 유용하게 쓸모는
많으면서도 접으면 자리도 많이 차지 않아 부담스럽지 않
은 그런 존재처럼 앞으로 주위를 따뜻하게 감싸주는 보자
기 리더십을 발휘하며 살고 싶다.

늘어나는 주름과 흰머리를 볼 때 마다 '나이를 감추는 화장품이 있는가 하면 나이를 이기는 화장품이 있다'는 광고 카피가 생각난다. 내가 나이가 들수록 나의 생각이 내 나이보다 깊었으면 좋겠다. 한해 한 해가 더해 갈수록 나의 마음의 폭이 넓어져서 지나보면 별 것 아닌 세상의 걱정거리를 다 품고 감쌀 수 있는 큰 보자기 같은 모습이면 좋겠다.

부드럽고 넉넉한 커다란 '보자기'를 가방에 챙겨 넣고 오늘도 나를 기다리는 고객을 만나러 차에 시동을 건다. 나의 경력은 계속 진행중이다.＊

아이는 잘 키우고 싶지만 경력도 포기하고 싶지 않아

초판 1쇄 인쇄 2021년 7월 21일
초판 1쇄 발행 2021년 7월 26일

지은이 유성희
펴낸이 이태선
펴낸곳 창작시대사

등록번호 제2-1150호(1991년 4월 9일)
주소 경기도 고양시 일산동구 장백로 20 동문굿모닝힐 102동 905호 (백석동)
전화 031-978-5355 **팩스** 031-973-5385
이메일 changzak@naver.com

ISBN 978-89-7447-245-0 03810